河北走向新型城镇化的实践与探索丛书 ⑥

我爱我家

河北人眼中的城镇面貌三年大变样

河北省城镇面貌三年大变样工作领导小组
河北省新闻出版局　主编

河北出版传媒集团公司
河北人民出版社

《河北走向新型城镇化的实践与探索丛书》
编委会

主　任：宋恩华

副主任：高建民　　曹汝涛　　朱正举　　李晓明

编　委：王大虎　　苏爱国　　唐树森　　马宇骏　　曹全民

　　　　肖双胜　　赵常福　　赵义山　　戴国华　　张明杰

　　　　冯连生

编　辑：（按姓氏笔画为序）

　　　　于文学　　王苏凤　　孙燕北　　孙　龙　　吴　波

　　　　张国岚　　张　浩　　李英哲　　李伟奇　　宋　佳

　　　　罗彦华　　孟志军　　高晓晓　　焦庆会

序

"我们的城市必须成为人类能够过上有尊严的、健康、安全、幸福和充满希望的美好生活的地方。"1996年联合国人居组织《伊斯坦布尔宣言》一语道出了城市与家的真谛。

河北省委、省政府在推进科学发展、富民强省的伟大实践中，作出了城镇面貌三年大变样的决策。坚定正确的决策、上下同心的推进，体现了浓墨重彩的大手笔、大规模和超常的建设速度、建设质量、工作力度，使古老凝重的燕赵大地焕发出勃勃生机与活力。

让人民幸福，是中国未来发展的主调。省委、省政府始终把市民看作城市真正的主人，将改善民生作为决策的出发点和落脚点，坚持过程让群众参与、好坏让群众评判、成果让群众共享。城市的规划建设管理，让市民全面、全过程、全方位地广泛参与；城市的拆迁补偿，方案由市民讨论，实施由市民监督；着力解决城镇居民住房困难问题，住房保障对象逐步从低收入住房困难群体向中等偏下收入住房困难群体等"夹心层"扩展。城镇面貌三年大变样的生动实践，使我们的城市朝着更加繁荣、美丽、舒适的方向迈进，大家共建充满希望的家园。

省委、省政府的决策契合省情，合乎民意，得到了社会各界和广大人民群众的拥护和支持。幸福感是老百姓的切身感受，也是评判的标准，每一句发自心底的赞叹，每一张绽放的笑脸，反映了百姓的心声和评价，最为珍贵，最值得珍视。

身为河北人，每个人都是建设者，每个人都是见证者，每个人都是亲历者。震撼、冲击、惊喜、享受、温暖、欢悦、酣畅、安宁、富裕……河北人感受着精神上的一次次飞跃，接受着一次次的洗礼。

百姓的眼睛，如一台台打字机、一台台录音机、一台台摄像机，以文字、图片、影像的形式，描摹出一颗颗敏锐善感的心灵，洋溢着无限的热情、真情、激情、豪情……

河北省城镇面貌三年大变样工作领导小组办公室与河北省新闻出版局以各大媒体为依托，在各设区市广泛征文，力求以百姓的视角、文学的笔法，记录、传诵、礼赞这一伟大的历史进程，完好地保存不可复制的历史瞬间。消息一出，应者云集，稿件犹如雪片，不同职业、不同年龄的人从不同的角度，用不同的方式，表述了他们的所思所想和切身感受。这些稿件文字不一定华丽、讲究、严谨，论文学水准也是层次不一，但绝对原汁原味，真挚朴素。阅读此书，品味生活，用心灵共同体验和感受城镇面貌三年大变样的辉煌，城市科学发展的脚步，将会更加丰富我们的精神世界。

祝愿我们的城市更加美好，人民的生活更加幸福！

河北省人民政府副省长　秦恩华

2011年8月26日

目 录

诗歌篇

2 / 皮肤干净　笑容也干净　　　　　　　梧桐雨梦

6 / 城市随想　　　　　　　　　　　　　陈德胜

9 / 一条河流从干涸到复活需要多长时间　独自闲

11 / 冶河　冶河　　　　　　　　　　　　禾　泉

14 / 最短的河流　最长的幸福　　　　　　薛　梅

20 / 阳光照到了承德　　　　　　　　　　罗士洪

23 / 张北这三年，亲历大变样　　　　　　王永生

28 / 梦圆廊坊　　　　　　　　　　　　　世　洪

30 / 阳光正用最灿烂的一束照耀古城　　　劲　鹰

32 / 一座城市的变化　　　　　　　　　　石英杰

34 / 沧州，我的美丽家园　　　　　　　　汪云霞

36 / 滏阳河，从守望到歌唱　　　　　　　王新良

40 / 家　园　　　　　　　　　　　　　　田志军

43 / 当我爱上这座城市——邯郸　　　　　雨　山

散文篇

48 / 石家庄三年大变样赋 　　　　　　　 赵新月

51 / 三 年 谣 　　　　　　　　　　　 于希建

52 / 眷恋之城 　　　　　　　　　　　 刘云燕

54 / 一座城市的记忆 　　　　　　　　 黄军峰

57 / 水鸭子的水乡梦 　　　　　　　　 周哲民

61 / 石家庄的"桥" 　　　　　　　　 韩元恒

66 / 家乡忆，最忆是长安 　　王子金　 王子玉

69 / 巨 变 　　　　　　　　　　　　 陈丽辉

71 / 古城新韵话西山 　　　　　　　　 路 军

74 / 山城展新貌 　　　　　　　　　　 张 德

77 / 我爱我家——张家口 　　　　　　 王玉明

79 / 变 　　　　　　　　　　　　　 董桂清

82 / 清水河，一首流动的诗 　　　　　 楚世新

84 / 清水河畔吹过的风 　　　　　　　 商艳燕

86 / 宣 化 赋 　　　　　　　　　　　 武世平

89 / 花红柳绿北戴河 　　　　　　　　 李瑞雪

92 / 我爱上了青龙 　　　　　　　　　 王莉芬

95 / 森林和海洋的曼舞 　　　　　　　 郑茂明

100 / 诗游南湖　　　　　　　　　　　　　长　正

103 / 南湖旧事　　　　　　　　　　　　　白　成

106 / 风景里的河流　　　　　　　　　　　碧　青

110 / 廊坊，引吭绿色之歌　　　　　　　　赵清超

113 / 今非昔比话廊坊　　　　　　　　　　李文洪

116 / 三年大变样中一位引领者的故事　　　于连江

118 / 吾祝护城水常清　　　　　　　　　　闫逶迤

120 / 合　欢　　　　　　　　　　　　　　刘旭华

122 / 老爸老妈逛新城　　　　　　　　　　李颜忠

124 / 新房子，旧房子　　　　　　　　　　樊新旺

127 / 城市：消逝与诞生　　　　　　　　　曹　杰

130 / 乡村与城市的距离　　　　　　　　　王福利

132 / 李老汉住进了新民居　　　　　　　　田秀娟

134 / 衡水赋　　　　　　　　　　　　　　曹宝武

137 / 门前大桥下　　　吕乃华　李湛冰　　王聪娜

141 / 滏阳河，我深深的记忆　　　　　　　胡业昌

144 / 夕暮箫声船儿归　　　　　　　　　　刘县生

147 / 家乡在腾飞（三章）　　　　　　　　可　风

149 / 小村官喜看家乡大变化　　　范玉明

152 / 老杨的春天　　　夏现兴

154 / 秧歌队"定居"记　　　朱凤博

155 / 新邯郸记　　　王振军

157 / 安 居 赋　　　马新民

159 / 游走于邯郸的活色生香　　　梅雪霏

161 / 家住龙湖边　　　王维唐

163 / 你是否也爱着那些树　　　郭雪强

165 / 古城·忆　　　齐　钰

167 / 有一种改变在身边发生　　　王书芬

169 / 馆 陶 赋　　　牛兰学

诗 歌 篇
Poetry Part

皮肤干净　笑容也干净

梧桐雨梦（石家庄）

三环路面是干净的
河道上的
秀水公园　语林公园　太岳公园
园园相扣　看起来像几个刚刚出浴的女子
皮肤干净　笑容也干净

这是蔷薇　这是三叶草
这是一排重返故乡的老槐树　总是
搂着最小最嫩的叶子　在夜空中缓缓前行

一个人　坐在水塘边
有两只蝴蝶　就能舞出满园的蝶香
此时一定要有绿叶作为陪衬　在他们身后
还要有干净的北风呼呼作响
几群水鸟飞来转去　我想
她们一定没有经历过　怀孕和分娩的
乐与痛　如今它们已无意远方
只在近处　看小鱼吐出干净的泡泡

我身在此地　却不知赞美哪里？
我试着把竹林和蒲草　当做两座山峦
足够巍峨的那种　足够向阳的那种
作为一种美德　不是因为意外加冕而成定局
许多时候　安静是生出爱慕的最好理由

我试着用诗人的眉眼　赞美水
我已不再执著于一首歌的老调　和旧式的
床前月光　我越来越执著于
对路桥的热爱　对新居的热爱
习惯于光芒被唤醒的感觉　人心被唤醒的感觉

你说一个人在风雨里站久了　就会
有伸展的愿望　爱上什么都好
比如低处的积水越轻盈　就越能映出
卑微者的灵魂

对于石家庄　仅有光照是不够的
桃花开了　就会有超时代的音符奏响
这时城市是美丽的　比如道路的扩展与精神的扩展
是一对遥相呼应的南极和北极　比如暖阳
比如幼儿的小手　就这样慢慢伸出窗外

如果你还在远方　我是说
我的石门是敞开的　我是说这里真好
没有一点彷徨的余地

这里真好　中山路　裕华路　槐北路
其实我是在想　如果有一条叫做
人民路的　一定会更好　一定充满慈爱

和母性的恩泽

在这里　你要允许自己
一再年轻　并弄出一阵小小的尖叫
阳春三月　要允许自己笑得光艳
脚步沉稳但不可憔悴　在滹沱河和太平河之间
你要允许自己　有足够的温存和流淌

你要允许　一个涂抹者
把城市洗净之后　星星们的眉眼越发明亮
在他们身边　总有奔跑的蚂蚁
和它们脚下的纹路

先是独唱　后是和音
你要允许成千上万的　不同体貌和
年轮的男人女人们　自觉地站在一起
从理想到行为　像优雅遇到优雅

太蓝了不好　太风光了不好
可我是你最勇敢的女人啊　看穿一切
又接受一切　我怎么能制止我的灵魂　让它
不向你的灵魂接触　我怎么能够让它
越过你　向着其他的事物

现在　让我最后一次说出
整整三年的真相　天地越来越辽阔
还有什么　能比今天更好
如果我就此沉默　并不代表
一个城市沉默　像奇迹挂在天上
如果你相信潮水　我就相信城里的月亮

城市随想

陈德胜（石家庄）

一个人和一座城市

当踏上这片土地
脚步就不会悄无声息
那种厚重和从容
必将成为这座城市的脉搏
成为人生壮丽的喧响

对已是灰尘满面的石家庄一点想象

相信我们背负的天空是蓝的
相信清风在人与人之间有一种默许

相信绿树遮盖的城市人流不息
相信我们的居所原来是
一颗颗清亮的水滴

◎ 珠落玉盘　吴俊力摄

广场上

秋天摆满菊花的广场
夏天是月季的广场

广场上长出风筝
被喷泉淋湿的广场
飞跑着轮滑

我多么热爱这清风扑面的广场
因为有无数只影子瘫倒的广场
那么多脚步

被——擦洗的广场

大雨冲刷着这座城市

大雨均匀地洒在城市的各个角落
大雨把城市带到河的中央
雨水冲洗着这座城市所有的玻璃
脸，被模糊掉了
和天空同样深邃无比

雨水使街道沉浮飘摇
很多人藏在伞下大声说话
因为雨水很快就会从城市的地下
流向农村，随时溜走的还有
人们生活的痕迹和惊喜

城市，因为一场大雨而显得广阔
在细密的水滴中
湿润了多少建筑
这是一年中第几次雨水
而有人在想为这些雨水起个名字

一条河流从干涸到复活需要多长时间

独自闲（石家庄）

早就远去了　滹沱河的涛声
"充满天地之间的吼声和气氛"
变成了传说和如今的沉默

谁说沉默不是一种愤怒
在它爆发的时候
滹沱——这恶池的传说

那些渡船拼成了漫水桥
其实　没有水漫过
尘烟和鸣笛让滹沱河
喧闹异常

滹沱河是一个情结　纠缠过
田间　牛汉　戴砚田和我
所有能够产生波光的地方
都是诗人梦绕的地方

◎ 温馨浪漫的太平河

每夜有多少人在梦中
在闹市的心脏　倾听水声
不是渴望柔软　渴望母亲河
唤醒童年　河流断了
记忆并没有断
就像钟摆停了
时间没有停止

当我呼唤水声的时候
滹沱河荡漾起来了
小船荡漾起来了
心儿荡漾起来了
一座城市荡漾起来了
那条动脉突然地喷涌
让所有的人印堂发亮

冶河　冶河

禾泉（石家庄）

一

我要早于燕儿　为冶河
画出春天的色彩
为它唱响春天的长歌
你看它多么鲜活
很容易就捞出一首干净的音符
鲜活又跳跃

用它做一道美味吧
你看这条新鲜的冶河鱼
作为新来的客人　你
首先会尝到它的鲜嫩　吃了它
你就会喊出　冶河　你果真是条美人鱼

二

曾记得

三年前你还在污垢里挣扎
城市的面孔溅满泥浆
一条河的根须
深入到主人们的心中却
显示出枯萎和无力
一条河的记忆　不忍提读
却在流年的记载中慌乱而胆怯

一条鱼就要奄奄一息
一座城市的灵魂就要魄散
一朵尚未落下的浪花
就要咬破嘴唇　吐出贫血的
字迹

三

这是一个缘分的降临
要变　冶河　要破茧化蝶了
要赶在这个春天
把所有的梦想都披上彩衣
冶河跑回家哭了一个晚上
翌日　便对镜梳妆
迎接第一次青春的萌动

这是怎样的一个决策
这是怎样的一个速度
这是怎样的一个飞跃
三年的进程　冶河都在惊讶中度过
文昌　明珠　滨河

谁的宝石　一夜间光彩初放
把绿的元素尽情渲染
丽水湾　冶河明珠
谁诗歌里逸出的词汇却
在冶河上倒映出现代化的楼宇

四

冶河笑了
她像待出嫁的姑娘酝酿着未来
我来到她的门前
我有种年轻的感觉　触动了春潮
我要早于桃花　为冶河
写一首情诗
为她捧出一颗热爱
你看她笑得多么妩媚
怎么不让我心醉

还把她叫成美人鱼吧
她与水最近　与我最近

最短的河流　最长的幸福

薛梅（承德）

一

在我家的后园
一条世界上最短的河流
曾经哭泣
历三百年的风雨
前来唤我

与她对视

那里有数不尽的华丽盛筵
也有看不完的人生离散
纠结的烦乱
穿越共和国的大门
开始品尝

蜜也似的甜

后来

◎ 承德之福

她以精致的内涵
在改革开放的舞台上
弹奏一曲紫塞风华
让灵性的佛光高悬
耀亮世界的眼

二

脚步纷至沓来

不同的肤色是不同的追光
各民族的口音是同声交谈
幸福的涵义越来越明晰
照见了自身

又浓缩成两个重点
人文环境
百姓安居
这在热河的心中
沉淀翻涌

她照见
武烈河的两岸杂草丛生
垃圾成堆
肆意排放的污水
使水质混沌
空气严重污染
指数超标
这个城市的母亲河啊
愁眉不展

她照见
二仙居旱河
在铁轨的碾压声中
苦苦呻唤
南来北往的车履
在喷吐的浓烟中
灰头垢面
这个城市的心脏啊
不得安眠

她照见
小区的旧楼
设备陈旧斑驳不堪
塞外的寒风

一鼓作气嘲笑着
老式取暖
沟岔里的棚户区
更像片片伪劣膏药
惊诧心酸
这个城市的灵魂啊
默默奉献

三

最短的河流
淌最长的热泪
三年拆建规划
濡染了小城的晨昏

武烈河的涛声
迎来十三道橡胶坝的落户
三百万平方米的水景长廊
迷梦在威尼斯的水与城
两岸的绿化裙带
从我的校园绵延到千手千眼佛的脚跟

漫步　垂钓　倾心交谈
负离子的氧吧
有歌声恍若在漓江唱晚
水幕电影高挂在祥和的夜空
彩虹桥的霓彩抒写美丽的诗篇

古老的旱河团圆了
仿古步行街的百年夙愿

也为承钢运输铁路专线
迁徙了崭新的家园
二仙居的道路平坦而又休闲
玲珑的汉白玉石栏
呼之欲出的鎏金亭台
梦回宫廷
梦回民间
女人在莲步轻移中
挽起男子自足自信的手腕

镇改街道村改居
凤凰山下实现了凤凰梦
鳞次栉比的花园社区
连流窜的轿车
也会在睡梦中笑醒
地理的沟岔不再是难言
绿色生态的度假村和别墅群
惊艳了环山抱路的
花朵蓝天

四

就在今天
我推窗眺望我家的后园
四季的绿荫果熟
精心　精细　精致　精彩
一个山水、生态的国际旅游城市
在清帝的行宫中出行

高铁　机场

◎ 围场红松洼国家级自然保护区

高速公路网

四通八达

皇家文化休闲旅游

民俗文化休闲旅游

是迎接的双臂

又是飞翔的翅膀

燕山的土地上

有玄鸟诵经祷祝

缭绕的香火

是安宁富裕的顶礼

世界上

那条最短的河流啊

热辣辣地倾吐幸福

在心灵最柔软的地方

我把热河轻轻呼唤

阳光照到了承德

罗士洪（承德）

二仙又回到了二仙居

在旧时光里
一条铁路和二仙居旱河并行着
把承德切开
像两道伤口已经结痂
我听不到小城的呻吟声

二仙居旱河左手拎着棚户区
右手抱着棚户区
在冬日的黄昏
那些小棚子里钻出的炊烟和干咳声
曾无数次让这条旱河哽咽

一列火车，咣当，咣当
在午夜时分从小城的心脏碾过
那声音颤抖了全城的梦
那道浓浓的黑烟

呛得小城阵阵咳嗽

这些记忆都成为老承德人的记忆了
当2010年夏夜
我走在二仙居旱河步行街时
那列老火车安静下来
变成了一花一草一个绿化带
那小棚子里的阵阵咳嗽
变成了哗哗的水声
一盏盏宫灯眨着眼睛
看着这些漫步的新承德人
一声蛙鸣
把小城的夜叫得更加生动

那阵阵的干咳
那列火车浓浓的黑烟
在我的梦里渐渐模糊
我梦到
和合二仙又回到了二仙居

武烈河在阳光下翻个身

从北流向南
按照皇帝的旨意流淌的武烈河
把承德紧紧抱在怀里

我曾无数次写到她
写到她滋润过一个王朝的兴衰
写到她的坏脾气抓破过小城的脸
写到她在每个承德人的心里

写着写着
武烈河就不知不觉地瘦了
写着写着武烈河就干了
这是怎么了

我看到沙坑长满了武烈河的脸
看不出是痣是疖子还是肿瘤
垃圾成为她血管里的栓子
还有那一片一片的小房
向武烈河挤呀挤……

是武烈河病了
还是小城病了
我听到风穿过干枯的河床时
带出了罗汉山的呐喊和半壁山的哭泣

当阳光照到承德
那些最先醒来的人们
开始修清坝，疏河床
十三道橡胶坝留住了河水
像十三块水做的荧屏
放映着两岸的新康乾

我看到武烈河在阳光下翻了个身

张北这三年，亲历大变样

王永生（张家口）

从四千年前游牧民族的足迹，到新时期幸福生活的普及
张北，你谱写了光辉的历史篇章，创造了崭新的时代业绩
从商贾云集的张库大道，到贸易自由的物流集市
张北，你肩负着使命，承载着希望，扬帆远航
从三年大变样的东风，到新张北的迅速崛起
张北，你步履稳健，敢拼敢闯，勇创奇迹
从名不见经传的小镇，到现代魅力的坝上草原新城
张北，你用自己的勤劳和智慧，演绎了一个真实的传奇
从参差不齐的农家屋舍，到错落有致的民居楼宇
张北，你美了，你让人们幸福感增强了
从雨后泥泞中的脚印，到八纵十横的明亮宽旷
张北，你靓了，你让人们出行舒适感加强了
从肆无忌惮的尘沙，到随处可见的绿色
张北，你笑了，你让天更蓝空气更新鲜了
从凛冽刺骨的寒风，到高原腾起的雄健舞姿
张北，你转劣为优，抓住了商机，赢得了财富

从世人齐聚赞赏的目光，到三年大变样的雄踞鳌头

张北，你盛誉共享，不骄不躁，你仍昂首阔步

从中国绿色名县的奖牌，到省级园林城市的荣誉

张北，你景色秀美，宜居宜人，你越显青春魅力

从区域性中心城市的号召，到中国特色魅力城市的称号

张北，你追求卓越，争创典范，你不断缔造新的辉煌

从草原激荡的摇滚，到世界选美小姐的光临

张北，你名气大振，你吸引无数人的神经

从三年大变样的春风，到全面建设新张北的举措

张北，你锐意进取，开拓创新，真正缔造了张北速度

张北，我要讴歌你

讴歌你那不屈不挠的精神

讴歌你那迎难而上的作风

你，挺起了坚强的脊梁，挥起了结实的臂膀

在艰难中前进，在痛苦中成长，在历练中坚强

你折射了中华民族优良的品质，传承了人类迎难而上的秉性

条件艰苦，没有压倒你坚强的脊梁

岁月蹉跎，没有给你留下沧桑的痕迹

开放不够，没有让你停止发展的步伐

贫穷帽子，没有压弯你坚强的身躯

张北，我要讴歌你
讴歌你那勤劳淳朴的品性
讴歌你那宽阔大度的胸襟
你用你那辛勤的双手
让砖石在土地上挺立
让道路在荒野中生长
让草木在沙粒中扎根
让幸福在热土中结果
你用你那宽阔的胸怀
任凭风雨，海纳百川
不计得失，勇往直前
吸贤纳才，忘我奉献
笑迎来客，宾朋至上

张北，我要讴歌你
讴歌你那从容的胆魄与锐利的眼光
讴歌你那奋力进取，敢拼敢闯的干劲
大投入建设，紧跟改革步伐
大手笔招商，项目建设开花

◎ 张家口全景

大魄力引资，活跃资金市场
大幅度宣传，提升城市品位
大气度招贤，培强人才力量
大力度促变，改善地方现状

张北，我要讴歌你
讴歌你那新颖的风姿
讴歌你那清爽的容颜
五进城凸显区域特性
两园两河彰显城市灵性
花田草海呈现地方个性
无穷之门尽显文化属性
神秘中都尽享元都盛誉
六代长城揭开长城之谜
百里坝头风景这边独好
军事旅游观光一枝独秀
踏雪观景让人心旷神怡
农家小院让人流连忘返
商务酒店建设雨后春笋
楼馆项目规划芝麻开花
商业之街加大地方繁荣
洋式小楼加快城镇化进程
一环两立交连通东西南北
高速之路通向海角天涯

张北，你延续着历史，改变着历史，创造着历史
文明在你这里传承
成功在你这里开始
奇迹在你这里发生
你是让人心驰神往的地方

◎ 张家口通泰桥

你是儿女们热恋着的故乡

清晨，一道崭新的曙光冉冉升起
照在你安静祥和的脸上
小草在田间嬉戏
鸟儿在枝头歌唱
空气中弥漫着淡淡的花香
田野中活跃着忙碌的身影
你昂起头，向前走
又是崭新的一天

梦圆廊坊

世洪（廊坊）

飞向京城的百鸟哪
为什么偏爱这儿欢唱
流出北海的碧波耶
为什么总向这儿流淌
神奇的净土
美丽的廊坊
龙河奔腾
凤水飞翔
哦
如梦的地方
纳瑞呈祥

漫过燕山的雾海哪
为什么常在这儿兴浪
吹过长城的劲风耶
为什么总在这儿张扬
祖居的故土
美丽的廊坊

帝都近畿
边关重防
哦
如梦的地方
饱经沧桑

绿掩潮白的廊杨哪
为什么始从这儿兴旺
胜水流香的淀荷耶
为什么聚在这儿怒放
芬芳的沃土
美丽的廊坊
生态田园
人间天堂
哦
圆梦的地方
放飞理想

走遍全国的朋友哪
为什么都来这儿赏光
阅尽天下的游子耶
为什么愿把这儿当家乡
心中的热土
美丽的廊坊
明日之城
京津对望
哦
梦圆的地方
成就辉煌

阳光正用最灿烂的一束照耀古城

劲鹰（保定）

清早的保定　光芒普照　天空湛蓝
站在东风路的天桥　凝神远望
阳光正用金色的线条 在延伸的路上
抽象出美丽的诗行——
太行山的巍峨　伴着瀑布的豪放溪水的欢畅
白洋淀的清新　伴着水鸟的飞翔芦苇的飘荡
大慈阁的宁静　伴着莲池的花香钟楼的鸣响

岁月深处还有着更深刻的记忆
尧帝的故乡开放着幸福的桃花
荆轲的易水流淌着燕赵的悲壮
桃园结义书写了几千年的忠义文化
保定军校哺育了一代叱咤风云的英豪

阳光正用红色的丝线 绣红整座城市
《荷花淀》《红旗谱》《小兵张嘎》
《地道战》《狼牙山五壮士》
《野火春风斗古城》……

这一部部经典
为保定烙上红色的印记
为古城的身躯注入丰富的营养
厚重的底蕴　从大地上生长　向着天空飞翔

那是一座城市的魂
有魂　才有梦想　才有奋进　才有追求
梦想赋予城市灵性　在梦想中绘制崭新的蓝图
追求赋予城市精神　在追求中创新开阔的思路
文化赋予城市内涵　在文化中寻求永恒的传承
阳光正用最灿烂的一束
穿过透绿的围墙
穿过遮蔽岁月斑驳的蔷薇
照耀古城每一个角落
三年的光景　腾飞的跨越
那巨大和不可阻挡的变化
将成为古城沧海桑田历经艰辛后
最为精彩的华章

◎ 保定莲池水心亭

一座城市的变化

石英杰（保定）

搭住这座城市潮汐似的脉搏
我才发现文字如此浅薄、无力
这么多的变化
根本无法通过一只小小的笔尖
完完整整地告诉未来

楼群崛起，立交桥崛起，电谷崛起
新车下线，企业上市，扩张，提速
道路拓宽，两旁涂满新刷的绿地
远道引来的水，清凌凌的
像一群蹦蹦跳跳的小白兔
在纵横的大水系留下爪痕

这只是一座城市扩胸运动的一部分
渐强的咚咚心跳，提升的肺活量
以及迅速隆起的抖动的肌腱
不停告诉我，扑面而来的变化
多么急促，繁复，宏大

◎ 历史与现实之间　赵连生摄

写下一个，会遗漏另一个
它们由千、万、十万个细节组成
中间暗藏着无数个焊点
一群红口白牙的文字
紧张而慌乱，无法说全表面的轮廓

这些变化的深处
还有纠葛，暗伤，阵痛
我只好一次次"此处删节300字"
就像略去晃动着起伏着
交叠着簇拥着的鲜活的建设者

如果你们认为我做的是无用功
我只能红下脸，含着眼泪
用钢笔吸满浓浓的时光
在粗糙的大地上，一遍又一遍
横平竖直地写下这座城市的名字

沧州，我的美丽家园

汪云霞（沧州）

月光铺地，露水打湿城市的睫毛
石桥陈列了大运河两千公里的沧桑
就是这样，你乘着月色
从"武建泱泱"的燕齐古道上
从风雪山神庙的熊熊烈火中
一路打马而来
一下走过了千年
一下走进了春天
皎皎的月色连缀的黎明啊，如纷纷翻动的书页
再次濡湿我汹涌的感动

月光铺地，光阴里的梦想
在三月的夜空下蹁跹起舞
静静泊入，一个有关家园的童话
就是这样，你潇洒地一个转身啊
穿过纪晓岚纪念馆里大片的枣花林
穿过城市不断长高的林立的楼群
穿过狮城公园广场天上街市一样的灯火虹霓
穿过武术节万人武术表演的猎猎旌旗

穿过沧州师院升本第一个周年的朗朗书声
穿过植物园暗香的花朵，穿过南湖荡漾的水波
穿过马路，穿过草坪，穿过街市
穿过城市父老的凝眸啊
穿过一个城市最真诚的信念
在澄明如水的月色里翩然重回
如一场温馨的迷梦
一场传奇，恍若隔世

好多新奇
无法言说
好多宏图
正在描画
你是开在这块贫瘠的土地上
一曲最悠扬的洞箫横吹

沧州啊，你古老而又年轻
曾经的过往，是你源源不断的诗意
今朝的建设，是你层出不穷的美好
每一秒，每一天，每一月，每一年
你日新月异，你气象万千
你朝气蓬勃，你侠肝义胆
你铁骨柔肠
沧州啊，我的美丽家园

滏阳河，从守望到歌唱

王新良（衡水）

没有人告诉我
你来自何处，流向何方
可我在很小的时候
就能把你的名字念得响亮
——滏阳河

滏阳河，你是我的尊长
我的祖辈
喝着用你血液勾兑的白干
挥汗如雨建设家乡

滏阳河，你是我的知己
我总爱把孤独与你分享
总爱在寂寞黄昏
向你倾诉我的悲喜衷肠

曾几何时，你衣衫褴褛
我也穿着破旧的衣裳

时光在我痛心的叹息中流淌
我叹息着我的叹息
你忧伤着你的忧伤

我想为你做些什么
可那时的我能为你做些什么
我的汗水和泪水不足以
洗净你满是污垢的脸庞
我锈钝的锄镰也不能
为你裁剪一件新衣裳
我能做的只是不离不弃
不离不弃地守望
守望到你的噩梦烟消云散
守望到明天升起新的朝阳

我相信好日子就要来了
我相信你会告别沮丧
重新焕发容光
好日子真的来了
昨天你还静默无语，不声不响
只一愣神的功夫
你便铲车轰鸣，春雷激荡

在我欣喜的注视中
你走得步履铿锵
你褪去旧衫换上新装
一件绿树编织的罗裙
一件花草缝制的短裳
重修的堤坝治愈了你的疮痍
新建的石桥挺立起你的胸膛

你吐尽心中的苦水
畅饮碧水琼浆
你让新生活的甘甜沁满心房

而今，我依旧在你岸边徜徉
在你岸边徜徉的我
也换上了崭新的衣裳
我静静地把现在的你打量
从朝阳到夕阳
直到星星把两岸的灯火点亮

此刻不再是守望
而是对你由衷的赞美和歌唱
歌颂你的熠熠神采，秀美容光
我知道你此时此刻的感想
因为在你怀抱中欢游吐泡的鱼儿
已悄悄告诉我
那晨曦中的粼粼波光
便是你真心的笑容在荡漾

我发现你和我一样
把生命的轨迹錾刻在走过的地方

◎ 黑天鹅做客滏阳河　刘国磊摄

家 园

田志军（邯郸）

这是我居住的地方
临水而居，是眼前的近景
它与滏泉辉映，将太行送入梦乡

◎ 邯郸龙湖公园

它是我曾经的一个向往
但它，就在我的身旁

这是我居住的地方
它见山是山，见水是水
它将季节转换的明媚
将一个人的诗意打量

这就是生活，被山翠挺拔
被一汪泉水温暖
它将具象演变成抽象
它将浮云和星光映入诗行

这是我居住的地方
生活的理念在这里碰撞
阳光在这里自由飞翔
它唤作：家园

傍晚，我走过广场
当远山披上斑斓的衣裳
在人流中，在高楼旁
我缓步走过城市广场
凝视一群昂首的鸽群

欣赏一个圆柱的身影悠扬
想象一个纪元的史诗苍茫
傍晚，我走过广场
走过一组英雄的雕像

它就在我的眼前

却在我的胸中激荡
傍晚，我走过广场
和万盏光束汇成交响

就是在这光的汇合之中
星辰坠落于远山的图像
傍晚，我走过广场
一只鸽子落在我的手上
大风吹动楼群
大风扬起乌云，也扬起灰尘
但还扬起我的向往，我看到
那拔节的房屋，那里居住的梦想
就在一寸寸长高

就像我的田野的金黄
在秋风中又一次茁壮
就像风声中的脚手架
像钉子一样叮咛了前方

在大风吹动的楼群
我的家园在一点一滴增长
我与那钢铁的框架
演绎成城市的一次清唱

就像我的乡村，它将绿色生长
也将世纪的道路宽广
这是我的时代，也是我的城市
交织于童年的幻象

当我爱上这座城市——邯郸

雨山（邯郸）

当我爱上这座城市——邯郸

辞典里的成语成为我的亲人
熟悉她们爱着她们
在古赵大地上
每一个角落都在更新
我和我的亲人们
正酝酿新的寓意
献给子孙

当我爱上这座城市
——邯郸
地图上的地名拉长我的目光
丛台路的拓宽中华街的南延和北延
只需三年完成蜕变
老旧建筑在怀旧的目光里倒地
新建楼房在幸福的仰望中成长
昨天你因为古老而端庄

今天你因为新生而美丽

当我爱上这座城市
——邯郸
生命里的色彩又多了一层
它是蓝天的蓝它是青草的青
碧水绿树环绕的城
宠爱着我
每一个有月光的夜晚
你想象不到
有多少人在她怀里撒娇

当我爱上这座城市
我的名字前面就加上邯郸
我的口音里面就掺进邯郸
我的文字就是邯郸的文字
我的孩子就是邯郸的孩子

四季更迭
邯郸三年
我不知道到底错过了多少心疼多少美
苍老隐去破旧消失
连花都开到了山那一边

上午的阳光

紧跟着我的
是阳光里那只快乐的蝴蝶
它一共有两种颜色
在城镇里是白

◎ 邯郸丛台风光

在我心里是黄
就如同今天上午的阳光
照在赵武灵王点兵赏舞的丛台上
南面是灿烂
北面是辉煌

我要醉了
醉在赵都崭新的一页
化作写给未来的情书
这个上午
阳光里最浓的部分是甜蜜
是爱

等不及了

我的脚步加快
赶在正午之前将恋爱谈完

正午的邯郸城

在一棵梧桐下行走
我爱极了她的小绒球
一粒一粒的
因为一阵风，或一只蝴蝶
动一下，又动一下
仿佛是对邯郸新城笑脸的回应
仿佛要记住美好
在正午时分
是如何在古赵大地上漫延

苍茫中城市是船
我是船桨
此时此刻
我们离对岸越来越近

邯郸城需要你刮目的爱
重新审视的爱
需要把头抬起来
用仰望去爱
她就要把园林变成一条绿裙子
她就要把河流变成一条蓝裙带

远山清晰高楼挺立
连云都不舍得随风飘移

散文篇
Prose Part

石家庄三年大变样赋

赵新月（石家庄）

　　二十一世纪，系城市之世纪；未来中国，乃城市之中国。工业化转型，百舸争流；城市化提速，千帆竞发。环渤海第三极，异军突起；新中国第一城，后来居上。海风阵阵，吹醒内陆长梦；大潮滚滚，唤起省会雄心。一年一大步，豪气干云；三年大变样，远景愉人。

　　回眸石家庄，虽称千年古郡，终归既往；放眼新世纪，纵言万里重洋，不过咫尺。天下第一庄，只可聊以自嘲；开国第一城，岂能凭此自满？有山太远，有水太浅，有风太缓，有楼太散。城市形象埋汰，何去何从？省会意识淡薄，谁主谁宾？

　　一夕起宏图，省会市充当火车头；三年奏凯歌，石家庄担任领头羊。千年等一回，抢抓机遇；三年变一貌，共铸和谐。城市定位，繁华舒适；变样目标，现代一流。高起点，高标准，高品位，高瞻远瞩；大手笔，大气魄，大动作，大刀阔斧。专家纵论设计蓝图，百姓热议规划愿景。人人争说变样，家家乐道将来。

　　平地一声雷，石门三重浪。拆字当头，建字随后。和谐拆迁，势如破竹；迅速建设，功若丘山。城市革命，刮起暴风骤雨；人民战争，演绎烈火金刚。打开思想解放总阀门，找准城市发展新坐标。策高足，据要津。破除思维定势，摆脱路径依赖。拆除建筑围墙，摧枯拉朽；破除思想牢笼，激浊扬清。割断非法利益链，一尘不染；冲破庸俗关系网，六亲不认。直面"闭门羹"，笑对"冷面孔"。当初有人不解，腹疑心猜；最终无人不赞，眉开眼笑。

　　"国"字号、"京"字号，"外"字号，云集石家庄；新材料、新技术、新工艺，席卷大工地。铿铿锵锵，城市日夜拔节；轰轰隆隆，骨骼朝夕成长。花开林梢，汗水浇

◎ 梦中家园 方民摄

红枝头春意；雪飞吊塔，笑语洒满空中豪情。创业故事随水泥搅动，倒海翻江；风流人物伴钢筋崛起，顶天立地。吊车吊起万吨智慧，焊枪焊牢千载梦想。劳动竞赛，如火如荼；英雄业绩，可歌可泣。抛家舍业，多少农民工赶赴火线；别妻离子，多少建设者食宿战场。昼与夜没有界限，天与地没有分野。过去与现在没有交割，生命与钢铁没有裂缝。沼泽中拉车，车前风雨无阻；艰难里爬坡，坡头风光无限。

风驰电掣，石家庄速度震惊国人；日新月异，大变样成果振奋百姓。三日不出门，辨不清城市模样；几旬不回家，找不见原先归路。拆迁奇迹，让人咋舌；建设进程，令人瞠目。打破常规，倒排工期。特事特办，急事急办。速度在以人为本中孕育，效率在为民服务中提升。个别拆迁户，怨气、怒气、怪气渐渐消解；部分公务员，娇气、霸气、土气悄悄融化。昔日盖章无数，大众痛恨绊脚石；今朝通行无阻，苍生欢呼及时雨。从善如流，求解变样方程式；疾恶如仇，拒绝施工豆腐渣。参战人员披星戴月，督战领导起早贪黑。机关车辆单双号行驶，企业作息上下班错时。交管警力实施导航行动，媒体信息酝酿舆情风暴。志愿者挥动彩旗，循循善诱；众市民遵守规则，息息相

◎ 樱花飘香　魏蓓华摄

通。上下同心，众志成城；左右逢源，众议成林。英雄城市，续写英雄谱；和谐省会，同奏和谐曲。

百年经典城市，横空出世；千年沧桑郡邑，继往开来。城市功能升级，省会面貌改观。粉尘绝迹，污水敛形。蓝天高远无垠，白云亲昵有致。河流穿越城市，城市倚枕河流。城中水景交织，城外水系纵横。碧波重重似琉璃，细浪滚滚如琥珀。城中村破茧成蝶，老城区靓妆出镜。铁路穿城入地，广场赏心悦目。绿色长廊如画屏，蜿蜒百里；迎宾大道似展厅，辉煌彻夜。新地标拔地而起，高架桥凌空以降。一楼一景，远近高低各不同；一步一趣，横竖崎斜各相迥。带状公园，山重水复疑无路，让人流连忘返；滨河新区，柳暗花明又一村，令人陶醉不归。滹沱河驶来画舫，动车组带走笑声。水陆舟车四通八达，城乡客货纷至沓来。一小时经济圈连接京津晋鲁，半小时交通圈组合东西南北。不仅城建变样，更有百业繁荣。企业攻坚，强化经济实力；文化助力，提升城市品位；作风转变，激荡投资热情；社会和谐，熏陶市民情操。繁华舒适可人居，现代一流惹人醉。

词曰：

河水潆洄处，团扇舞娉婷。小园香榭无数，十步有芳踪。城北千年古刹，城右平湖暮雨，一望莽然平。高架桥端荦，电掣入青冥。

衔燕地，接赵土，少年城。迟迟开埠，四海名阛肯服膺？抹去废垣颓壁，移走高墙厚壁，绿树透红瓴。变样方伊始，洪业正兢兢！

三年谣

于希建（石家庄）

　　今年又见桃花红，垂杨岸柳傍春风，不见当年瓦屋地，高堂华室上碧空。我家就住花园中，花开艳艳草青青，池上柳丝斜燕子，庭前桃李啭双莺。楼高重重临大路，出门任意南北东，才抛彩虹飘玉带，轻车直到山前下。昔日山上重重坡，今日坡上多松柏，不见北风卷白草，卧眠白云听松涛。闻说山前有大道，道旁风景多佳处，西倚绿杨挂碧峰，东望长天下都市。山中道路常清静，平日多有骑行者，南坡才过杏子黄，北岭又闻枣花香。滹沱河上水清清，有女摇兰舟，芦苇荫下鱼相逐，青天一点白鹭飞。谁家少年吹横笛，清音袅袅入空里，夜深月明人不寐，八月槐花落沾衣。

　　落沾衣，人相思，城市变样三年期，多少劳人含苦辛。君不闻城北欲起万亩林，防风蔽日遮沙尘，更不闻火车入地穿城走，飞龙一旦藏尾首。环城河水二百里，碧波漾漾绕城曲，河上人家新栽柳，画船误入苏州府。忽舒长袖洗蓝天，欲擦明月扫尘烟，苦争朝夕恨日短，今又见朵朵白云落山间。滹沱空飞片片虹，从此新城挽古城，一水中分今与昔，两城联璧话共荣。三年思，三年梦，三年城市大变样，劳心劳力人无数，唯将此心谋家国，忍把相思抛红豆，一朝村落变大都，三年成就百年功。三年城市逐日新，千日红颜白发生，他年携手故园秋，泪滴红叶湿青衫。

眷恋之城

刘云燕（石家庄）

人与城市，就像莲与池塘，相生相息，融合着一种深入血液的情感。

曾经不停地抱怨着我所生活的城市，四季分明，拥有严寒酷暑。它是个火车拉来的城市，没有自己独特的历史和文化。朋友也常戏谑地说："有时间，去你们庄上走走。"每每从北京归来，那种落后的感觉常常萦绕着我。

时光飞逝，城市也在日新月异。当我们的车子行驶在槐安路高架桥上，熟悉的城市就在我的眼中。那些高耸的建筑，那些忙碌的人们，此刻，在我的眼中，在我的心里，都充满了熟悉的温情。这个小小的庄，这个日益发展的城市，才是我的家园。这里有我的记忆，我的亲人。一个城市，什么让你牵挂，也许就是一种爱恋，一种记忆吧。

渐渐地，我发现，城市越来越漂亮了。二环路通行顺畅，高架桥如腾起的巨龙。民心河畔，一座座小公园如一串串珍珠环绕着美丽的城市。而整个城市宛若优雅的女人，恬静安然。往日里破旧的房屋，低矮的民房，早已不见了踪影。到了夜晚，灯光璀璨，与星光呼应，美不胜收。于是，我欣然地告诉朋友："有时间来我们庄上看看吧。这个朝气蓬勃的城市，定会让你眼前一亮的。"

那一天，我和他讲述每晚下班回家的美景。夕阳西下，远山如黛，恍若一幅生动的剪纸。落日鲜红如血，它像一个慈祥的老人，露着微笑的面庞，又宛若一个情窦初开的姑娘，面对恋人时羞红了脸颊。云彩是太阳的衣裳，如果说款式，那一定是古代少女的长裙，披着长长的纱，绣着一朵朵美丽的五彩祥云。

城市的街道、楼房都在那一束明亮的光线中，远山却有些模糊了。那一座高高的建

◎ 魅力广安街　赵羽摄

筑，在一片夕阳里，如一个个倔强的男子，静静地伫立，有着一丝温暖的孤独。而其他的建筑都在灰灰的色调下变暗。高架桥像舞动的巨龙，向着远方延伸。宽宽的马路上，人们开心地返回家中。而街边的小公园里，湖水淡淡，人们在享受着傍晚时分的悠然自得。

玉兰此时正含苞待放，大大的花骨朵，给人无限的想象。花朵伴着轻柔的风，散发着淡淡的清香。在一片夕阳下，城市的调子是橘色而温暖的，带着一丝暗暗的红。太阳已经藏到山的那一边了，云彩也渐渐地消逝，如佳人远去，只留下淡淡浅浅的芳踪。华灯初上，一点点，一串串，明亮地闪烁着，将人的视线无尽地拉长。远山的色彩更加深重，明亮的月已经悄悄地爬上枝头。

这就是我所生活的城市，一种熟悉，一种感动。家，好温馨的字眼。我所生活的城市，我所熟悉的地方。它的每一条街，每一道巷，都有我点点成长的足迹，滴滴快乐与忧伤。在我的生命里，它已经和我水乳交融。我惊喜于它的发展，快乐于它的成长。

石家庄，我热爱的家乡。

一座城市的记忆

黄军峰（石家庄）

两种味道

石家庄，从一种味道到另一种味道的转变，仅仅用了不到二十年的时间。我第一次闻到这座城市的味道，是在二十年前。从郊区老家到石家庄，短短百十里路，坐长途车却要花费将近半天的时间，坐车是对一个人耐力的最大考验。父亲在市区北部的一家国企上班，每个周末我都要独自坐车去父亲那里。车子刚刚进入到城市的边缘，就能闻到那股熟悉的味道。那种味道说不清，像钢铁的味道，又像泥土的味道，总之是少了农村里的那种清新和甜美的感觉的。这种味道无处不在。公交车上，马路上，甚至父亲所在的单身宿舍里都不能回避。

尽管这种味道让人心情压抑，可是阔别这座城市十几年之后，我却时常怀念这种味道。当我怀着思念再次来到这座城市时，却再也找不到那种味道，心中不免有些失望。我在一个细雨的清晨，徒步在这座城市的街道上，寻找曾经的思念。这里曾经是一家钢铁厂，现在却变成了高楼林立的商业区，取而代之的是另外一种熟悉的味道。就连最初的那些泥土也换成了绿叶下散发的芬芳。多年之后，另外一座城市成为我的第二故乡，而这座城市带给我的味道，让我的心在这座城市与那座城市间来回的游荡。

◎ 秀出幸福　杨庆吉摄

两种心情

母亲一辈子省吃俭用。1986年的时候，唯一支撑全家的经济来源是父亲一个月三十七块六的工资。记得父亲将第一个月的工资交到母亲手里时，母亲高兴了好几天。母亲特意花了不到一块钱扯了一段的确良的花布，为自己做了一身新衣服。春日的石家庄尘土飞扬，母亲舍不得穿；到了夏天，汗流浃背母亲舍不得穿；到了秋天好不容易能穿了，又到了干农活的时候，母亲还是舍不得穿。就这样一天天过去，母亲的那身新衣服一放就是二十年。母亲每每拾掇衣柜，总要拿出来看了又看，笑了又笑。

如今的母亲已近暮年。去年的时候，母亲买了一件红色的呢子大褂，走在街上显得那么的精气神十足。我笑着说母亲，有一颗不老的童心。母亲却说，现在是啥时代，现在咱在大城市里住，穿得寒碜了让别人笑话。现在的这座城市，春日少尘，夏日景美，穿好点，每个人和这座城市的风景都会和谐。

两条河流

以前，我始终搞不懂一个概念，那就是什么是"宜居城市"。现在清晨，漫步于民心河畔，绿柳成荫，碧波荡漾，空气是那样的清新，心情是那样的舒畅。

近两年，政府又加大力度整治了滹沱河，使其成为石家庄的一处生态景区。这对于从小就生活在"旱地"的人们来说是一件多么值得庆幸的事情——毕竟我们见到了属于自己的河流。沙滩湿地，河上泛舟，观候鸟戏水，看河边垂钓，一切是那么的美！随着这条河的开发，也带动了区域性居民区的发展，我想在不久的将来，这里又将成为一个新的城市中心。

城市外围的发展，内部的和谐，让我看到了一座与二十年前迥然不同的城市。在三年大变样的今天，这座城市正在以日变三样的"石家庄速度"向着大都市发展，每一次走在街上，你都会发现某个地方与往日的不同。我想，环境的改变，与自然的贴近，和谐的发展，与人心的沟通，这恐怕就是我们常说的"宜居城市"吧。

水鸭子的水乡梦

周哲民（石家庄）

　　我是水鸭子，生在钱塘江边，从小看惯"日出江花红胜火，春来江水绿如蓝"的水乡美景；长于西子湖畔，自幼熟读"水光潋滟晴方好，山色空濛雨亦奇"的清词丽句。1963年杭州大学毕业，踏着雷锋的脚印，水鸭子沿着京杭大运河一口气游到河北。当时的石家庄，只有桥西中山路和桥东解放路两条不长的主街，其余多为支离的斜巷偏道，还星罗棋布地散落着一簇簇的村庄，矮矮的平房挤满各个角落；京广铁路穿市而过，车站周边算是热闹商区；汽车被看做稀罕物件，大街上威风凛凛驰骋的是一队又一队大马车，跟着便卷起冲天的滚滚尘土；水鸭子最关心的是水，终于找到一条东明渠，可是渠水又黑又臭，许多农民争捞河泥肥田。看到这个"土"劲儿，我不由得想起了锦绣天堂杭州城，心里很不是滋味。刚进十月不久，利刃似的北风就咆哮发威，冻得我长夜难眠。吃不上大米饭，一咽下窝窝头便一阵阵肚子疼。说话别人听不懂，被讥呼为"南蛮子"。这一切尽管难熬，还可以唱唱《革命人永远是年轻》来顶住，最让水鸭子痛苦的，却是没有"水"——千里滹沱河竟然断流干涸，石家庄成了货真价实的"旱城"。水是城市的灵魂，林是大地的两肺。为什么古往今来都说"上有天堂下有苏杭"？却原来"君到苏杭看，人家尽枕河"。正是水的灵秀，孕育这儿的人们活得滋润，长得水灵。水鸭子离开了水，可真的快活不成啦，总觉得胸中火烧火燎，喉头干渴难耐，皮肤越来越糙，毛发枯草蓬乱，门窗关得再紧书桌上依然是厚厚一层浮土，一旦起风更是天昏地暗黄沙曼舞。要能扎到清凌凌的河里畅游一番该多幸福哇！"天边归雁披夕阳，乡关在何方？"强烈的乡思令我食不甘味，夜梦连连，而梦境却总是一个主题："竹外桃花三两枝，春江水暖鸭先知。"有一夜，梦见自己游回了"接天莲叶无穷碧，映日荷花别样红"的水乡，一群姑娘荡着叶叶轻舟摘莲蓬，挟着荷香的水风轻轻撩动她们的罗带，吹送来清脆甜润的《采莲曲》："荷叶罗裙一色裁，芙蓉向脸两边开，乱入池中看不见，闻歌始觉有人来！"惊醒后哪见碧水绿荷美人，只有干热干热的空气闷得人喘不过气，忙抓起水壶猛灌呼呼冒烟的嗓子眼，泪水却忍不住溢了出来。接着，"文革"风暴把我打成"反党黑作家"，抄家封门挨批斗，日夜提心吊胆，可暗地里却更想家了。十年浩劫熬过后，水鸭子两度喜逢游回江南的好运，一次是浙江某大学来人调我，一次是筹办宁波大学的某负责人邀去任教，但都因河北"爱惜人才"不放而告吹。水鸭子非常难过：重回江南水乡的美梦是彻底破碎了！后来，我被调入石家庄文联，恰巧所编刊名就叫《滹沱河畔》。从此我天天抱着"滹沱河"辛勤耕耘，看见院外尘土飞扬的街道，不远处大片干渴盼水的庄稼，心中不停祈祷：但愿滹沱河重现碧波荡漾，石家庄旱城变水城，让水鸭子能圆畅游清丽水乡的美梦！

"春风杨柳万千条，六亿神州尽舜尧。"跨入新世纪的石家庄跃马扬鞭，发展速度一日千里，城市面貌日新月异：雨后春笋般的高楼大厦鳞次栉比，六纵四横的城市主干道车水马龙，淙淙弹琴的民心河绕城送爽，翠珠串串的公园绿地游人徜徉。呀，石家

庄，你确实三年大变样了，从一个土头土脸的灰姑娘，出落成了时尚靓丽的俏女郎！然而，我在为你骄傲为你赞美的同时，心中隐隐有些许遗憾：什么时候你才能碧波拥城赛江南？石家庄告诉水鸭子不必遗憾，我们早已投巨资启动了浩大的滹沱河综合整治工程，太平河大型休闲旅游景区已经魅力四射，市西北水利生态工程岁岁布绿吐艳，长虹般的子龙大桥飞架滹沱南北，一百多公里的环城水系五一节水通船通林通路通景观通；接着"三年上水平"，在滹沱河都市核心区构筑以金木水火土日月命名的"七星岛"，两岸都营造森林自然美景与阳光水岸风情相融合的城市森林公园，形成"水、堤、路、桥、岛、绿、景、居"浑然一体，城河相伴，水绿交融，人水和谐，水天一色的滨河景观带，使"旱城"灵动起来，脱胎成山水相依的生态省城。电视上传来的串串喜讯，真把水鸭子醉晕了，眼前浮现出一幅精美绝伦的锦绣水乡图：清波粼粼滹沱河作青罗带，佳木葱茏太行山似碧玉簪。逶迤百里姹紫嫣红香两岸，风帆片片少男少女争上游。百鸟啁啾鸳鸯交颈秀恩爱，菱藕鲜嫩锦鲤甩尾跃龙门。碧水拥城楼阁参差钟灵秀，羊羔美酒高举金杯唱赞歌！退休后因健康而很少出门的我再也坐不住，牵上妻子的手，打车飞奔子龙大桥，细细品赏太行山下的水乡美景。

　　石家庄变了，水鸭子乐了；滹沱河绿了，水乡梦圆了！

◎ 太平河泛舟　魏富平摄

◎ 今日城中村　封玉妹摄

石家庄的"桥"

韩元恒（石家庄）

　　最近几年，我的家乡石家庄平添了许多桥，屈指算来，不下数十座。据我所知，石家庄开埠以来百余年间，也不如这几年造的桥多。记得小时候，中山路还是两截断头路，中间隔着京广铁路，桥西一段叫中山路，桥东一段叫解放路。大概在1970年左右，一座地道桥才将这个城市的东西贯通，多年来成为市区内最大的桥。那时我还在下乡，听说家乡造了这座大桥，便专程跑回来，桥上桥下看了个遍，很是兴奋了一阵子，四处写信给外地的朋友，向他们讲述这桥的"壮美"。

　　我最早对桥感兴趣，是小学课本茅以升先生的科普文章《中国的石拱桥》，那时候，老人们茶余饭后不断提起赵州大石桥，电影里时常响起的《小放牛》的曲子："赵州石桥什么人修？玉石栏杆什么人留？什么人骑驴桥上走？什么人推车碾了一道沟？"那优美的旋律牢牢印记成我少年时代最为甜美的一段回忆。

　　随着年龄的增长，我情不自禁地关注着"桥"的故事。我知道，最初架在我国大川大河上的桥大都是外国人造的，济南黄河大桥是德国人造的，蚌埠淮河大桥美国人造的，哈尔滨松花江大桥俄国人造的，云南河口人字桥是法国人造的，沈阳浑河大桥是日本人造的，上海市区的外白渡桥是英国人造的，唯独后来的钱塘江大桥是我们的茅以升主持建造的。我为此还查阅了茅以升的资料，发现他最初毕业于我省唐山工业专门学校的土木工程系，这个学校的地理位置拉近了我跟这位著名桥梁专家的距离，也让我感到自己生长的这块地方与桥有了深刻的关联。

　　在这些年，桥，成为我步履所至的各个地方最为关注的景观，我欣赏过杭州的断

◎ 多彩多姿的石家庄槐安大桥　杨德摄

　　桥、福建的安平桥、扬州的五亭桥、北京的卢沟桥，还有江南古镇众多的小桥，以及远在美国旧金山的金门大桥，意大利威尼斯小城的过街桥。我爱这些桥，更喜欢打听那些建造这些桥的人，以及围绕这些桥所发生的或凄美，或婉约，或壮丽的故事和传说，我觉得这是人类的财富。

　　我的国家情结也深深印记在中国"桥"的发展史中。新中国成立以后，中国的大桥就鳞次栉比地多了起来，从建造武汉长江大桥开始，仅万里长江上就架起20多座大桥。近几年，随着杭州湾跨海大桥等一批顶级工程的竣工投入使用，在中国建造任何大桥已不是什么难题。

　　让我更感到骄傲的，是我的家乡石家庄，在祖国长足发展的背景下，一座座新的现代化的大桥矗立成这座城市一道道美丽的风景。近两年，随着有"华北第一跨铁路斜拉桥"美誉的槐安大桥落成，在这条路上，星罗密布出现的建设大街跨线桥、平安大街跨线桥和仓安路跨线桥成为石家庄夜空璀璨的明珠，休门街地道桥、富强大街地道桥也即将建成；被市民誉为"画廊"的子龙大桥，全长1975米，飞架起从石家庄市区到正定古城的通衢；环绕城市的二环桥、裕华路中华大街立交桥、永安大桥……

　　我常常沉醉于驾车通行这些家乡大桥上的愉悦，这时，我又产生了一个想法：把这些世界桥梁历史的财富集中在一起，在我们的石家庄，建成一座中西合璧的世界桥梁博物馆，那将是一个异常壮观的事情。

　　这个想法要在二十年以前，一定会被骂作痴人说梦，但是，今天的石家庄却早已拥有了这样的底气，具有了建设"桥城"的得天独厚的资格和条件：她所拥有的赵州桥的地位无人可以取代，她的发展充满后劲，滹沱河流经市区蓄水长度已超过20多公里，美丽太平河长约十多公里，南水北调工程也将建成，还有市区内总长约20多公里的民心河，据说计划将在部分河段开通航运，试想，如果我们在市区乘船泛舟，穿行于具有中国传统特色姿态各异的石拱桥下，美丽的沿岸风光映水而来，该是多么惬意的事啊！

　　到那时，石家庄会吸引来自世界各个地方的人们，到我们的城市来欣赏各个年代、各个国家、各种风格的桥梁，沉湎于这些桥梁所蕴藏的丰富文化内涵，让全国的、全世界的造桥的、学桥的、爱桥的人，都把这个地方当做桥梁人的精神家园，那将是一件多么美妙的事情啊。我想象着，真的有那么一天，这些桥以及它们背后的历史人物和悠久传说，将给石家庄这座新兴的现代化城市增添一份崭新的色彩，成为它一份美丽的精神传承流传久远。

我们幸运地出生在这座城市，更幸运地成长在这个年代，我们的心和她一起跳动，我们的眼睛见证她的变化，我们的脚步与她同行。

——题记

家乡忆，最忆是长安

王子金　王子玉（石家庄）

上了初二，总觉得时间不够用，所以长安公园虽然近在咫尺却无暇光顾。听说三年大变样，长安公园和人民广场经过整修融为一体，化蛹为蝶，焕然一新。真想去看一看，观赏一下美丽的风景，领略一下家乡身边的变化，寻找一下写作的灵感。

机会终于来了，今年国庆节，破例放八天长假。因为是"大庆之年"老爸老妈也没给"加码"，终于可以放松一下了。国庆节那天，风和日丽，秋高气爽，我们的心情也像这天气一样格外晴朗！正好北京的伯伯、哥哥和表姐也回到石家庄，于是，一大家人十月一日那天，集体游园。我和姐姐自然是走在"队伍"的最前面。

刚走到青园街路口，哇噻！好漂亮啊！最先映入我们眼帘的是高山流水，巨大的山石垒起的假山很壮观，几道清凌凌的流水飞流直下，溅起无数水花，似点点珍珠洒落下来。人们高兴地说着，笑着，指着，看着，小朋友们奔跑着，跳跃着……那造型，那气势，那独具匠心的巧妙设计，真的让人赞叹不已！

再往前走，原来的市委大院不见了，取而代之的是一大片起伏的绿地，一棵棵参天大树遮天蔽日，一丛丛嫩绿的小草散发着芬芳，一簇簇盛开的鲜花争奇斗艳。在树荫

◎ 欢乐的广场　张龙摄

间，绿地中还铺设了一条鲜红舒适的塑胶环行跑道。在草坡上还有一个美丽的凉亭供人们小憩休闲，太美了！我们姐俩情不自禁地顺着跑道一阵风似的跑到小亭子上，高声喊道：新广场！太棒了！我们爱你！

爷爷、奶奶在后边笑着喊道；"别闹了，后边要看的还多呢。"转过草地，我们来到广场。广场上正在举办菊展。各个展区布置得格外隆重而热烈。天安门、和平鸽、火箭……它们的造型、神采各异，连同数万盆五颜六色的菊花把广场变成了花的海洋。说笑声、人们欢快的脚步声、"咔嚓、咔嚓"的拍照声组成了一组欢快的乐章。一张张笑脸也在花丛中绽放！

看完菊展，我们信步来到了公园，比起热闹的菊展这里好像是另一个世界。高大苍劲的古松翠柏，一排排挺拔的银杏，一棵棵参天的白杨，还有柳树、槐树、榆树、椿树……在树林中，一条条弯弯的小路显得那么幽静，给这喧嚣的都市蒙上了一层神秘和安静，走在小路上仿佛来到世外桃源，使人心旷神怡。

顺着曲径我们来到湖边，啊，原来的未名湖已是旧貌换新颜。湖底经过整修，湖水

◎ 翠坪流霞　戚菊芳摄

清澈见底，碧波荡漾，小桥流水，轻波泛舟。更新奇的是在湖的西北部，从小山顶上喷出一道湍激急流水，顺势而下，清凉透明，浪花飞舞，我们高兴地欢呼着，跳跃着，自己都觉得有点得意忘形了！

奶奶说，过了节，她要到杭州去。爷爷插话说："杭州是个好地方啊，俗话说，上有天堂，下有苏杭嘛！古诗中还说'江南忆，最忆是杭州'。"听了爷爷的话，我们姐俩打趣说："您老的话该改一改了，经过三年大变样，石家庄天蓝了，水清了，草也绿了。应该说：上有天堂，下有本庄了！"表姐和哥哥也几乎异口同声地说："家乡忆，最忆是长安！"在我们的欢笑声中"咔嚓、咔嚓"，老爸老妈给大家拍了好多照片，留下了一份美好的回忆。

巨 变

陈丽辉（承德）

魁星楼下，武烈河畔，山庄映射，普宁庄严。

我的家在承德。

身为一个承德人，我自豪。当年在外求学时，来自五湖四海的同学聊起了各自的家乡，我谦虚地说道："我来自河北承德。""哇！"当时有的同学就瞪大了眼睛，"那你不就是生活在避暑山庄里吗？"在外人眼里，承德就是避暑山庄。尽管我极力解释山庄是山庄，承德是承德，但同学们还是对自己的理解深信不疑。在那交通、信息都不是很发达的时代，这种想法只是说明了前辈留下的避暑山庄的影响力。但是，那时有个唐山的同学却说他住在什么什么小区，小区是个啥东西，咱还真不知道。当时我们这里只有单位分的家属院，和a沟b街c路d门这样的指路方式。后来才知道，是咱落伍了。

后来同学放暑假时来玩了一次，临走时说："嗯，山庄的景色真是名不虚传，就是你们住的环境差了点，有点土。"我当时火立马就蹿了上来，我对故乡一直有着深厚的感情，我可以说她的不足，但我不允许别人对她说三道四。的确，十几年前，青砖灰脊的小平房一排紧挨着一排，家家院里堆满了过日子的杂七杂八，而胡同口的下水道一年四季似乎总是在堵着。一到冬天，就会伸出无数个小烟囱，一并向天空宣告着冬天的到来。那时，冬天的天空似乎总是灰蒙蒙的，街上也没啥娱乐场所，人们一下班就缩着脖子往家奔。唯一的一条河总是时干时满地流淌着。而你若想接近她欣赏，那对不起，得先闯过好几道关，先下土坎，然后穿过河套上被人占领强种的庄稼地，最后来到淤泥没脚的河边，在臭气熏天的环境下陶冶一下情操，就得赶紧打道回府。想想也是，难怪人

◎ 腾起广厦千万间
刘奎摄

家下此评论，心里挺不是滋味的。

自2008年开始，承德市开始对城区进行了具有历史意义的三年大变样。依地势的实际情况，提出了"南扩、西进、北延、中疏"的战略，旨在打造宜居城市，改善城市面貌。从那一刻起，承德开始了她几十年来最明显的变化，主要道路拓宽，机关企事业单位外迁，城中村改造，拆掉旧平房，规划新小区，治理母亲河，治理山庄周边环境，加大便民设施，增设健身器材。小烟囱取缔了，城市空气清新了。楼房洁净，便利的生活环境使人们的生活水平提高了一大步。

错落有致，高耸林立的大厦；风格不同，高端前沿的住宅小区；宽阔平坦双向六车道的迎宾路；风光旖旎的武烈，使得多年前的老同学故地重游时发出了最朴实的感叹："真是太漂亮了，承德的变化太大了，没有想到。"

三年大变样，城市变了样，人们的精神状态也焕然一新。茶余饭后，习习暖风下，武烈河畔青石玉雕，亭台玲珑，幽径曲折，青草绿地，垂柳拂面，鸟鸣与欢歌共唱，花香伴河水流淌。淡绿的河水与水中嬉戏的野鸭，构成一幅亦动亦静的山水画。人们或散步或作画，赏日出日落，观雨雪风霜。岸边狂柳随风舞，水中碧波弄霞光。垂钓人不分四季，无视冷暖，或是斜风细雨或是漫天飘雪，始终是这幅画中最精彩传神的一笔，有了他，这幅画便有了生机；有了他，这幅画便充满活力。深夜，华灯高照，银光四射，整个都市像安睡了一般，唯有这湍湍不息的母亲河见证着承德的巨大变化……

古城新韵话西山

路军（承德）

    自古文人墨客每观山游历，迁徙问边总要留下诗句寄情，宋代文坛领袖欧阳修曾有诗曰："古北岭口踏新雪，马盂山西看落霞。"它成为称颂家乡马盂山的千古名句。而当我一次次地翻开历史，了解西山与苏颂的历史情缘，感受城市的沧桑巨变则对西山产生了一种挥之不去的情愫。

    西山，小城西边的一座土丘，背后毗邻101国道，在周围群山掩映下，实在矮小多了。然而，就是这样一座名不见经传的小山，却在历史的长河中记录着时代前行的足迹。

    二十世纪八十年代后期，我正在当地求学。那时的西山，夏季，晓雾将歇，山间散落着的杏树们孤独地张望着灰色的城市；冬季，西山萋萋荒草，站在其上，举目四望，小城拥挤杂乱，仅有的几座四层楼鹤立鸡群，散落在成片的民居中间……尽管如此，西山还是给我留下深刻印象，因为，那里曾留下了我与同学间的真挚友情和太多美好的人生回忆。

    毕业后，我分到了偏远小镇工作，与西山"亲密接触"的机会少之又少，偶尔，我会借去县城出差之机匆匆对她投去一瞥。但十多年来，我眼中的西山没有多少变化，仍然只是那草木葳蕤的山丘！不知何时，西山在我的记忆中似乎已经渐渐远去了。

    有一天，电视新闻说要在西山建公园了。西山经过挖掘机、装载机日夜轰鸣吼叫后，便开始像变魔术似的褪尽历史的风尘，以靓丽的容颜展现在世人面前：101国道从西山背后飞越而过，昔日沉睡的西山仿佛被惊醒了，好奇而兴奋地张望着身旁这条平整且宽阔的玉带。迎宾路与101对接，西山东侧拦腰挖出一条大通道，城市交通拥挤的瓶颈得以改变。再次站在西山上俯瞰脚下，多姿多彩的城市映入眼帘——红色的屋顶，宽阔的街道，六层以上的高楼鳞次栉比，城市的青春活力尽情四溢。夜晚的县城宛若人间仙境，花灯粲然，轻歌曼舞，喷泉飞溅，引无数市民前来休闲。

终于，在新中国成立六十周年前夕，西山公园也就是泽州园正式向市民开放了。

开园那天，我迫不及待地带上相机，与妻儿一起从后山的盘山路径直走进泽州园，公园内绿草如茵，花果飘香，鸟鸣蝶舞。耶律阿宝机雕塑、玉珠苍穹、邀月、梨花春雨、烈士陵园、苏颂碑林、栈桥、辽塔、秀樾七彩、沁心、云影天光、真水无香、蝶影等十六处景致点缀其间，厚重的辽文化底蕴，更加彰显出古城的魅力。一座灰瓦重檐的四合院坐落在松枝翠柏之中，那就是苏颂纪念馆。门前石碑上铭刻着建造苏颂碑林的始末。肃立碑前，历史回溯到了辽金互派使者的和平年代。辽咸雍八年(公元1072年)秋，北宋著名文学家、史学家苏颂奉命出使辽国。一路穿行在古驿道上，茫茫北国风光奇秀，令苏颂感慨万端，豪情满怀，诗性大发，留下《使辽诗》五十八首，其中《过土河》《和就日馆》《契丹帐》等最为有名。"行营到处即为家，一卓穹庐数乘车。千里山川无土著，四时畋猎是生涯。"（《契丹帐》）生动再现了辽地广袤的奇异风光和契丹人粗犷的游牧情景。"白草悠悠千嶂路，青烟袅袅数家村，终朝跋涉无休歇，遥指邮亭日已昏。"（《过土河》）。诗中的邮亭当属苏颂休息的驿馆了。在那个人烟稀少的年代，小小的驿馆见证了苏颂挑灯难寐的奋笔疾书，回到朝廷，他提出的继续与辽朝友好的建议得到重视，促进了北方游牧民族与中原文化的融合。走进门前，正门两侧上书："苏氏祖泽砥石磨砺蕴万年，颛顼故里辽河源远流千古。"一副遒劲对联道出了历史沧桑与文化的脉脉相传。

出苏颂纪念馆不远，就是醒目的英雄纪念碑了，历史与现代比邻而居，先贤与志士凝神相望。长卷舒展的碑文引我们回望起硝烟弥漫的岁月：古城是通向塞外的一条咽喉，而西山更是敌我争夺的要点，当年西山炮声隆隆，英勇无畏的战士血洒疆场，长眠于此。如今，在泽州园幽静的一角，烈士们可以安然休息了。走在鹅卵石铺就的甬路上，我有意放缓了脚步，生怕惊扰了长眠的烈士们。

与苏颂纪念馆遥遥相对的就是就日馆了。这座宏大的辽式建筑气势恢弘，背倚西山，远眺县城，与喧哗街成一条中轴线，在蓝天白云映衬下更彰显出其庄严的一面。两边绿树环绕，青草幽幽。我迫不及待地走近她，外墙是金色的沙面，上面印刻着一幅幅精美雕塑，有冶炼图、农耕图、生活场景图等等，展现了契丹民族波澜壮阔的历史。我

◎ 佟山公园

忽然记起环岛的雕塑，夫妻二人牛车边手指轻舒极目远眺的情景令人遐思不尽，这是不是再现《辽史·地理志》记载的男骑白马女骑青牛繁衍生息契丹八部的美丽传说呢？先民牵着牛车，逐草而居，一路跋涉，饥渴难耐，正愁眉紧锁中，眼前一亮，一马平川的河谷映入眼帘，那就是日思夜慕的梦中家园吗？一代又一代的先民在这美丽富饶的土地上繁衍生息，书写了"拉不败的哈达（今赤峰），填不满的八沟"古韵长存……

最近一次游历泽州园时，西山脚下的低矮民居早已拆迁了，仿古一条街正在紧锣密鼓的建设中，或许，明年春花烂漫的季节，再次漫步西山时，耳畔也会飘来悠悠辽代古音吧。那时，一定会怀疑自己漫步辽代的繁华市井了呢！

我想，用不了多久，一座山水宜居、文化与历史脉脉相传、环境优雅整洁的中等城市将以崭新的形象矗立在世人面前。那时的西山，那时的平泉一定会更加多姿多彩！

三年大变样是城建工程，更是民生工程、民心工程。塞外山城张家口的历史巨变功垂史册，谨作四题抒怀之。

——题记

山城展新貌

张德（张家口）

路 之 歌

三年大变样指挥部灯火通明，满屋豪情，蓝图上一条条红线重彩标定。决策者斩钉截铁，一言九鼎："兴市富民路为本！"

大气魄，大手笔，大做"路"文章，咬定青山不放松。红旗猎猎，铁马涌春潮，炮声撼长空。劈山，填谷，架桥，奏响了改天地、劈通途的划时代强音。

岂馁高山拦路，何惧酷暑隆冬，风餐露宿，披星戴月，靠科技支撑，凭热血制胜，铁肩巨手绘就最新最美的路景：环城快速美如画，条条高速辐射冀晋蒙，金光大道通北京……

河 之 魂

河为脉，山为骨，唯水彰显一座城市的灵与魂。

啊，清水河——母亲河，千年流淌穿城过，滋润广袤沃野良田，养育世代黎民百

◎ 张家口新垣桥

姓，史有暴怒洪祸，吞噬万千生命，可哪朝哪代曾有过几许治河建树？

昨日清水河，满身疮痍，容颜枯老，令人悲天长叹：何日河清、水秀？

时世好，国运盛，领导层高瞻远瞩，铁心不移锁定治河工程。拦河，清淤，筑坝，河悠悠，水盈盈。建桥，置景，美容，福水长流泽百姓。

啊，昔日龙须沟，今日赛江南。凝望清洌洌的河水，我童情稚趣顿萌，巴不得俯身浅台，撩拨戏水，掬一捧痛饮……

光 之 梦

灯火璀璨不夜天，疑是银河落凡间。

山城之夜，五彩绚丽似童话世界。座座高楼广厦披霞裹锦，条条大街小巷流光溢彩，如梦似幻，光耀缤纷。色与彩相润，光与影交汇，美轮美奂，奇光异彩辉映苍穹！

凭栏极目远天山路，串串街灯熠熠闪烁，若迤逦星河直达峰峦，恍若再现郭沫若先生名篇《天上的街市》笔下："远远的街灯明了，好像闪着无数的明星。天上的明星现了，好像点着无数的街灯……"我久久痴情地仰望追逐，竟自进入星光闪烁的神异幻境……

花 之 海

"花木扶疏绘春图，追赶苏杭迈大步"，礼赞省园林城市殊荣花落山城，吹响争创国家园林城市集结号！

终结记忆中的荒漠苦涩，圆梦赏花神痴心醉的岁月。

啊，山城变脸了，依山游园环城坐落，绿地草坪铺毯织锦，奇花异卉争芳斗艳，戏蝶游蜂乱目闹春，馥香飘逸，万千生机。啊，我多想幻化成一只彩蝶，栖落喷香吐馨的万花丛中，贪婪忘情地吮吸琼浆玉液……

满城花，花如海，绽笑脸，敞胸怀。花迎四海宾朋，海纳百川精英。山城春永驻，昂首向前程！

我爱我家——张家口

王玉明（张家口）

在河北省，我有两个家：一个小家，只属于我们三口人生活的天地；一个大家，是拥有450万人口的张家口市。骄傲一点说，这个大家是我们伟大祖国首都北京的北大门，与内蒙古接壤。地广人多是一个主要特点，其面积和台湾省相等，其人口比挪威国还多。坦言之，这两个家我都爱，但理性一点儿说，我更爱这个大家。使我引以为豪的是她悠久的历史、灿烂的文化和独特的地理位置。但作为一个当代人，我似乎更关心她的现在和未来……

说其历史悠久、文化灿烂，是因为东方人类从这里走来，华夏文明亦从这里走来，而流淌其间的桑干河则是中华民族最古老的母亲河。这里不仅曾是察哈尔省省会和内蒙古首府所在地，还是中华民族历史上北方游牧民族和中原以汉族为主体的农耕民族南进北讨的交融点、三岔口。故有"东方悠久，桑干开宇；华夏文明，涿鹿启程！塞外重镇，扼西北诸省区咽喉要隘；京城锁匙，控大漠几千里铁骑飞雄"之说。但由于种种原因，多少年来城市建设缺乏活力，城市面貌，苍色素调。总之，"周山多裸，清河断流。一旦风起，沙暴无休。卅年历经多少事，总在牵挂总在忧"。这便是我当时的心境。

当历史进入到新世纪，当勤劳智慧的人们从早已习惯了的思维中渐次脱化并以冲天的干劲切入未来的时候，我的城市我的家——张家口才算是真正拉开城市建设的帷幕。京西凝志，塞上铸魂。时代俊杰，尤其虔诚。肩承使命，身担责任；志酬父老，义搏风云。三年大变样，春风吐玉；八百里开放，地脉生金。时代建设，为我们这个大家创造了一个又一个的人间奇迹。

琼楼玉宇，横空出世；苍松劲柏，辉映市景。昔日主城区周边10余万亩荒山秃岭已尽披绿装。春风律动，绿波翻滚而下，仿佛整个城市都被这浓浓的绿波浸湿漫染。那穿城而过美丽如画的清水河不仅流活了全城，也实实在在地装点了人民的生活，提升了城市的品位。那飞架于清水河两岸的二十座大气磅礴、形态迥异的时代桥梁，作为一种建筑艺术、一种人文景观、一种文化思维，更作为这个大家庭的主体雕塑，给人留下绝美的享受。夜幕降临，人们漫步于清水河两岸，望着碧绿的波、放彩的虹，听着喷泉的旋律，一种置身蓬莱仙境的感觉便油然而生……

大境门前怀古，千年历史入梦；八角台上览胜，世纪风云萦心。官厅水库，人民伟力；三北林带，绿色长城。宣工鸣宇，千程践远；沙电输野，万里皆明。黄帝城外，合符坛醉；泥河湾前，博物馆惊。空中草原，夏秋两旺；鸡鸣中都，南北双赢。温泉浴暖，辽壁画雄；葡萄香宇，钢花映城。能源发电，风活坝上；翠云滑雪，名播域中。昭化寺特色初具，清远楼豪情正浓；太子湖一色水美，鸳鸯淖千顷波平。增绿添彩，百岭皆翠；筑坝工程，一脉映碧。太平山中，双涵似剑；清水河上，百桥飞虹。明湖公园，人间奇迹；张垣海关，时代蛟龙。立交桥上，朝阳初起；快速路旁，业区渐丰。九纵快南北，十横畅西东。南环北环争豪迈，高速城际竞繁荣。

时时见景，处处迷人；昔日豪气，今将又凝。所有这些不仅演绎着我的城市我的家——张家口的跨越发展，也诠释了三年大变样的建设成果。它已成功地向世人递送了一张城市名片，上面既勾勒出我的城市我的家——张家口这些年快速发展、急剧变化的影子，又浓缩着千百年文化积淀的印迹，静静地向世人展示着一座千年古城崛起进程中的实力和魅力。

我的思绪在放纵奔流着，因为我的城市我的家——张家口已在时代的召唤下和我们的规划与建设中变了，翻天覆地，恍如隔世。我又怎能不为眼前这巨大的变化而感奋呢？我为她悠久的历史、灿烂的文化和独特的地理位置而骄傲，更为她充满无限生机与活力的现在而自豪。我的思绪能不放纵奔流吗？但那是一种时代的豪迈：境门似铁，通泰如虹；文昌阁古，云泉寺新。千秋伟业，一代精英。拥抱希望，向着光明。生态园区，花林城市；历史文化、双拥名城。似这般期冀，终该会有：三年胆魄，功昭日月；万里情怀，志慰江东。

变

董桂清（张家口）

　　"三年大变样，就是不一样。衣食住行用，一天一个样。"每每默诵这个曾经为城镇面貌三年大变样撰写的短信红段子，心头总有一种莫名的驿动。变是一道靓丽诱人的风景，变是一篇恢弘和谐的华章，变承载了更多的责任，变凝聚了党心和民心。俯首燕赵，春潮涌动，伴随着城镇面貌三年大变样不绝、悠扬的钟声，我们又迎来了一个新世纪的早春。

　　冬去春来，寒意料峭。和着城镇面貌三年大变样不绝于耳、悠远清脆的节拍，我们走进这个姹紫嫣红的早春。踏着春的律动，回眸变的和弦，去用心体会这变化之花的亮丽风采，去亲身品尝这变化之花蒂结的累累硕果，我们陶醉了，醉得很深、很沉。我们惊奇地发现，仿佛一夜之间，天是那么的蓝，蓝得让人沉醉心旷；山是那么的青，青得让人泰然神怡；树是那么的绿，绿得让人真正体会到青春的涵义和萌动的青春。一尘不染的河水，冲走了往日的污浊恶臭；宽阔整齐的街道，再没有昔日的拥堵阻塞；昔日街头巷尾堆积如山的垃圾，现在再寻不到它那夏日腐臭熏天、冬日暗冰滑人的污迹……依然是人流川息，依然是车水马龙，但人们脸上洋溢的是富足后的满意称心，流露的是变化后的惬意爽心。这就是三年大变样带来的成果，从硬化到亮化，从绿化到美化，从美化到靓化。变的不仅仅是环境，变的不仅仅是外在的气场和氛围，更有发自内在的精、气、神。从可居到宜居，折射出城市变化的风貌；从低矮的平房到商住两用的高楼，变的不仅仅是面积，变带来了更大的发展空间，变带来了更多的发展机遇。

　　变是一个动词。它跳跃，它展示，它呈现。它的律动足以敲碎每一个抱残守缺、因循守旧的老梦；它的鸣响足以震彻燕赵古朴、厚重的发展雄风。燕赵杰地自古多慷慨悲歌之士。每一个普通的亲历者和见证人，都有责任、有义务礼赞和记录城镇面貌三年大变样所走过的辉煌历程和取得的丰硕成果；有责任、有义务歌赞和传诵在实施城镇三年大变样工程中涌现出来的先进集体和先进个人；有责任、有义务为这个民生优先、统筹

◎ 建设者　吕富荣摄

兼顾、科学发展的时代鼓与呼。

变是一个名词。它意蕴弘广，它涵盖宽泛，没有它吸纳不了的内容，从规划到决策，从组织到实施，从启动到竣工，1095个日夜，更多的是风雨兼程，凝心聚力，矢志不渝。从大变样到真变样，又是怎样一个艰辛的过程，不经风雨怎见彩虹？不历沧桑哪能取得大变样、真变样的真经？

变是一个形容词。无需用更多华丽的词藻去形容它的灵动、它的风骨、它的风韵、它的内涵，因为眼前的这一切已经印证了它的不可思议和耐人寻味。从繁荣到舒适，从宜居到美好，从近者悦到远者来，足以印证了这首民心大合奏的合辙押韵。

变是一种和谐，更是一种发展。"安得广厦千万间，大庇天下寒士俱欢颜。"以想民、亲民、利民、惠民为本，心系民生发展，坚持科学发展。回眸三年路，更著风和雨；俯瞰大变样，安居惠民生。英明果断的决策，雷厉风行的实施，为城镇三年大变样，涂上了浓墨重彩的一笔；为城镇三年大变样，画上了一个完满的句号。

变是一种使命，更是一种责任。俯瞰燕赵大地，到处充满了变的协奏，到处溢满了变的风采，到处沐浴着变的春风。让我们珍惜眼前的拥有和繁荣，让我们再一次和着城镇面貌三年大变样的和谐幽远的钟声，鸣鼓科学发展的号角，在新一轮大变样的旅程中昂首阔步，奔向新的更远的征程。

◎ 张家口住宅小区

清水河，一首流动的诗

楚世新（张家口）

　　千里黄河，奔狂涛，吼惊雷，是一支雄浑的歌；百里洞庭，衔远山，吞长江，是一幅壮美的画；而塞外山城的清水河，虽无黄河长浪排空之气势，也无洞庭浩渺无际之境界，却以它激滟的清波、碧澄的柔绢，流淌着塞外特有的清明爽亮。它分明是一首诗，一首主题雄厚、音韵昂扬、气势豪迈、纯情动人的诗。

　　说它是诗，因为它流动着曼妙的旋律和明艳的色彩。清晨，当火珠般的朝阳喷薄而出洒下万缕金辉时，水面波光粼粼，灿然一片。清风徐来，微皱涟漪，展开一幅柔柔抖动的彩绸锦缎。水滨河畔，绿树依依，碧草茵茵，花草丛中，一群群红男绿女轻歌曼舞、拳影剑光，用青春和活力组成一道健美的风景线。夜晚，万盏彩灯洒下一天繁星，两岸车流射出条条银练，静谧的碧水枕着青山、盖着蓝天编辑出浪漫迷蒙的梦境，一首意境幽邃的诗就这样在山城的中轴线上款款流泻。

　　说它是诗，还因为它洋溢着如火的激情和高昂的基调。那一缕缕清涟就是一行行激荡豪情的诗句，张扬着奋发向上的时代精神；就是一条艰辛铺就的创业之路，记录着山城儿女自强不息的奋斗历程。三年前，一幅蓝图、一梦憧憬在古老的河道里铺开，伴随着挖掘机的日夜轰鸣、建筑工人的雄壮号子和数十万双殷切期待的目光，组成一曲有声有色、动天撼地的交响乐。这交响乐唤醒了沉睡的古老山河，打破了已习惯了的沉闷，调动了重整山河的气势，一千多个日日夜夜，两万四千多个时时刻刻，河清了，水绿了，堤宽了，灯亮了，一座座彩虹凌空的拱桥将山城雄健的脊骨和创业者不朽的丰碑高高托起。

说它是诗，又因为它演绎着岁月的变迁和历史的沧桑。它从洪荒中走出，岭岭中跌落，逶迤蜿蜒，一路走来，在难以数计的年月里，流经无数个霜秋雪冬，阅尽几多人间冷暖和王朝更迭，发出忽而悲凄、忽而高亢激昂、忽而沉重低回的流韵。它既是一条福水，滋润了一方水土，养育了一方百姓，承担着沉重的排浦泄洪任务，但有时又是一头猛兽，无情地吞噬着许多生命和财产。据载，1924年的一场洪水几乎毁掉半个张家口，使三千人丧生。在漫长的岁月里，穿越沧桑的清水河，演绎出多少或喜或悲、或雄武或缠绵的史剧，折射出多少时代的光斑！

说它是诗，更因为它昭示着城市的腾飞和美好的未来。清水河是塞外大地的血脉，是山城巨变的象征。它的每一缕清波，都流淌着山城人民的汗水；每一道堤坝，都凝结着塞外儿女的智慧；每一座大桥，都高高耸起北国古塞的激昂英姿！今天，它与这个城市一起变靓变美了。日夜奔流不息的清水河啊是一条彩练的河，银龙的河，梦幻的河，激情澎湃的诗的河。它将永远流淌着靓丽的青春、蓬勃的生机和璀璨的希望。

◎ 张家口双虹桥

清水河畔吹过的风

商艳燕（张家口）

　　举目望去，张家口四处都被层层叠叠的山峦包围着，仿佛一座城市的语言，沉默、平静，犹如长者一般，唯一有着不同韵味的便是那四季吹过的不同的风，春天喜悦，夏天细腻，秋天婉约，冬日萧索。风从城市的心脏——大清河上走过，裸露的河床上写满了城市的沧桑，沙粒任意在空中飞舞，我日复一日地擦去窗台上岁月的痕迹。

　　是的，谈不上多喜欢，这里不是我的故乡，我只是一个随父母的命运被安置在异乡的孩子，从此便在这里生根发芽，做自己的梦写自己的诗。但是三十多年后的某个时刻里，我常常会不小心便触碰了记忆的燃点，一座老屋，一棵古柳，某条与青春有关的街，它们都像是季节里的风，此刻再相遇的，绝不再是昨日的。

　　依偎最久的一个地方，是在大清河畔。大清河是自古流传下来的名字，我不知道它从哪里来又到哪里去，只知道它如同城市的观察者，静观着时代的变迁。它将城市一分为二，一面桥东一面桥西，春天我常常站在四楼的窗口，看到河床里杂乱无章的几缕细弱无力的水沟挪动着身体，遇到巨石便蓄成了一汪小小的滩，水草顺势疯长，无处不在的垃圾仿佛是这条沧桑之河的全部内容。春天的风肆虐天际时，河床上的砂粒愤怒地打在玻璃上，想要钻进每个人的心里。

　　记不得是哪一年了，大清河没有了河流的姿态，它累了，它干枯了，它疲惫了。

　　当一辆辆轰隆隆的铲车、挖掘机，甚至是些难得见到的马车在窗子下川流不息时，生活便不再平静，我们并不知道这意味着什么，只知传言这是三年大变样的首要工程，先要治理大清河。老人们青年们孩子们，热热闹闹地趴在河岸的栏杆上，谈论着观望着，垃圾被处理了，很厚很厚的沙子被清走了，无数的钢筋棍铺上了，一辆一辆的水泥罐车开进去了，一道道的蓄洪坝拦截起来了。我带着两岁的儿子去看望爱人，在这项声势浩大的工程中，他的单位也参与其中，儿子几天没有见到爸爸了。顶着烈日，爱人抱起娇憨的幼儿亲吻上几口又匆匆地回到了工地现场。那段日子，小小的山城有些忙碌起来，到处都是尘土到处都是沟壑，可能到处还有人们出行不便的抱怨。几乎每一条街都在面临改造，临街的旧房子消失了，路面被拓宽了，很多人无奈地搬离了老房子。

三年，就是这样尘土满面地度过的，上班的路上，常常就会塞车，常常就会遇到此路不通的告示。三年，不知怎么就过去了，一座座崭新的大桥架起在河的两岸，桥下是绿波荡漾的真正的大清河，蓄水工程圆满完成，河畔种下新柳，栏杆装点一新。最喜欢的便是在那堤边散步，呼吸着空气中氤氲的湿气，感受着山城从未有过的温柔，有了水的山城，从此不再沉默，在水的韵律中，它化身为一个轻盈的少女，将无数吟诵的诗篇飞进文人墨客的笔端。有了水的山城，有如多了一条俏丽的围巾，多了几许妩媚与青春的微笑。河畔的街心公园多了起来，阳光正好的时候，老人们闲逛地走过，绿树与花朵相映成趣，隔不远便有造型各异的座椅以供休憩。顺阶而下有近水的观赏路，垂钓者无数，为小城平添无数乐趣。去年夏日，竟然在河心见到数朵莲花，微风中好一个出污泥而不染的雅客，它是山城的第一朵莲吧，很快山城的论坛里便有了它的模样，引来赞叹无数。山城变美了，这条生命的河流终于生机勃勃了。

我常常领着五岁的儿子走过河畔，大清河上的风再没了旧日的凶猛，河水上空那淡灰色的雾气潮湿了我的目光，那是乡愁的味道，它吹过的风再不是昨日我抚摸过的，它流过的情却是浸润我一生的，是的，我早就爱上了它，我的张家口，时光弹指间，他乡早已是故乡。

宣化赋

武世平（张家口）

　　古城宣化，历史悠久，三边扼塞，斯为要冲。北依泰顶山，洋河经其南；
龙洋①绕其东，柳川②卧其西。巍峨凤凰山，高耸入云端，山路崎岖凌空盘，极目林
草不见边。柳川河畔泛嫩绿，黄羊山间鸟鸣翠。宣府长城万里长，头连东海尾西疆。绝
壁横空峙，遥看恰似屏；桑麻数百里，烟火几万家。四明山水秀，烟笼断堑似潮头；壤
土肥沃衍，洋河岸边稻米香。色添山雨润，影见水波淳；碧水春风递，风华霁彩新。

　　寰宇茫茫，古城悠悠，历朝所重，冠名宣府。夏商属冀幽③，春秋为燕境。地处内
蒙过渡带，沟通南北之要冲。自古汉胡聚集地，秦皇一统置上郡。燕国大将秦开拓地千
里破东胡；汉飞将军李广飞箭驱胡任太守。战略要地恒宿重兵，兵家纷争控御边陲。战
国始建燕长城，秦、汉、明代留遗迹。汉、唐、宋、明四朝代，规模大战七十多；蒙古
进犯逾百次，"土木之变"贼王振。谷王朱穗临宣府，展筑城池护京城。长城九镇此为
首，地势险要城坚固。杨洪总兵镇朔封侯，威震北方多立奇功。清高宗乾隆巡塞北，亲
笔手书"神京屏翰"。慈禧西逃经宣府，朝阳楼内品佳肴。闯王一箭宣府定，乡民葡萄
设宴请。牛奶葡萄营养高，刀刀切下不流汁。世界独一千年漏斗栽培法，金代诗人"葡

---

　　① 龙洋：指宣化东面2008年改造后的龙洋河。

　　② 柳川：指宣化西面2010年改造蓄水后的柳川河。

　　③ 夏商属冀幽：早在夏商时期，宣化先后归属冀州、幽州。

萄秋倒架，芍药春满树"留诗赞。巴拿马国际博览会，荣誉奖章扬美名。"玉帝不晓凡间果，方知宣化葡萄甜。"军民边疆贸易兴，长城内外均繁荣；陆路商埠传古今，蒙汉交汇南北通。"隆庆和议"①促互市，交易额为三边首。苏州缎、潞州油、泽州帕、山西帛，成为京广"杂货铺"。商业中心地位重，"塞外皮都"颇有名。往事越千年，沧桑巨变，今犹在耳边。

宣化古城文物多，一轴三楼插云天。国保文物清远楼，第二"黄鹤"不虚名。十字脊歇木结构，嘉靖铜钟上万斤。震靖边氛耸峙疆②，"声通天籁"传四方。外观三层内二层，造型别致结构精。前后明间出抱厦，四周游廊琉璃顶。梁架斗拱巧秀丽，檐角飞翘然生机。古代车辙今犹见，遥想当年市井繁。鼓楼又名镇朔楼，高大雄伟气势宏。重檐九脊歇山顶，砖砌台基南北通。内置巨形鼓一面，此为古代报时用。地下殿堂辽画墓，艺术瑰宝数第一。中西融合记星法，国内罕见天文图。彩色壁画栩栩生，门吏、侍女、《出行图》。比例协调色彩艳，研究辽代价非凡。五百多年时恩寺，单檐九檩庑殿顶。立化塔、清真寺、拱极楼、五龙壁，文物价值高，京西数第一。柳川书院，"征鼓之声化为诵弦"；掩卷沉思，世事沧桑难描上古。

新千年，新世纪。黄羊山治沙军民联手，中信投巨资缚住沙龙。退耕还林固生态基础，沙滩变绿洲花繁树秀。政府决策，修复古城续发文明；超前谋划，旧城改造东拓西进。开发大辽文化城，明清街景色彩新。庞家堡生态旅游区，休闲采摘好去处。长城文化博物馆，革命军事教育全。王河湾挎鼓声如水，凤凰点头③鼓点轻。宣化剪纸艺不凡，剪纸绘画相融合。白蜂糕、糖拉拉、油布袋、朝阳饼，数十种民间小吃传达古今。"钢城、酒城、葡萄城，城城驰名传远扬；古楼、古庙、古牌坊，古古复新铸辉煌。"炼钢发电建立京津强区，公路铁路促进经济腾飞。枢纽通衢连南北，冀晋内蒙集散地。精、细、特色蔬菜销往津蒙；禽、畜、新鲜果品运抵粤闽。国家3A旅游区，中外游客争相聚。全国最具投资有潜力，中小城市排名位前移。

---

① 隆庆和议：明朝时，北方的瓦剌、鞑靼等蒙古游牧民族部落经常南下，在北部边境地区大肆劫掠，造成人员严重伤亡和财产损失，人民痛苦不堪、流离失所。明隆庆五年(1571年)，明蒙之间达成了"隆庆和议"，结束了明蒙之间二百多年的战争状态，开启了明朝与蒙古和平互市的局面，并且对以后的国家、民族、地区之间的关系发展产生了深远的影响。

② 震靖边氛耸峙疆：为清远楼的"震靖边氛"、"耸峙严疆"、"声通天籁"牌匾内容。

③ 凤凰点头：为宣化王河湾挎鼓的经典鼓点"凤凰三点头"，极具民间艺术特色。

嗟夫！面向未来肩承使命，身担重任；齐心协力京西融志，塞北铸魂。时代出俊杰，修我古城；时势造英雄，建我宣府。三年大变样，无愧历史，不负众望，全力打造历史文化名城——"京西第一府"！

花红柳绿北戴河

李瑞雪（秦皇岛）

　　三月迎春开，四月满园春，五月桂花香……如今的北戴河是一片绿的海洋、花的世界，月月不同绿，日日花不同。置身其中，让人感受到一种世外桃源的优雅与恬静。不与世争，与花对话，伴着海风，听着海浪，别有风情。三年大变样让滨海旅游胜地北戴河更显妩媚，在这样的春天，感受一个花红柳绿的世界，一幅人与自然和谐相处的画卷。

沿海风景线：一路行来景宜人

　　冬去春来，漫步在北戴河新修建的沿海观光长廊上，享受明媚的春光，吹着惬意的海风，美景也尽收眼底了：大海的壮阔，浪花的欢歌，金沙的耀眼，绿树的婆娑，花蕊的芬芳……

　　蓝天碧海是北戴河最壮观的背景，另外，除了黄色沙滩之外，绿，就成了主色调。绿树葱茏，仿佛排兵布阵，拱卫着北戴河的山水；绿草绵绵，使每一寸土地都显示出无限生机。北戴河人用汗水播撒了绿。

　　近几年来，北戴河实施了海岸线景观工程。对沿海路长势欠佳的行道树进行更换，沿海一侧绿地内栽植耐盐碱的黑松、白蜡、五角枫、银杏、丁香、连翘等，共计数万余株，形成疏林观海、密林层次丰富、植物景观优美的效果。

　　结合区情实际，该区精心谋划"两带""四线""五点""六园""九街"绿化格

◎ 滨海唱晚

局，明确了以多年受益的低矮灌木取代管护费用较高的绿化草坪，强力打造"花街、花带、花海"的具体思路，彰显北戴河的绿化特色，进一步提升了城市魅力。先后在戴河、新河沿岸建设两条绿色防风林带；在滨海大道、驼峰路、北宁路、联峰路、滨海大道和沿海线等主要干线栽植高大乔木；在联峰山、马鞍山、青龙山、尖山四座山体和新河入海口栽种适宜树木。在联峰路、联峰北路、西海滩路、剑秋路、鸽赤路等九条主要街道，结合欧式景观街改造，建成各具特色的花街，形成了一街一品味的园林特色。在北四路以法国梧桐为主的道路上，随着花满枝头，一对对情侣将最美好的婚纱照瞬间留在了这里，他们说："家门口就有这么好的异国风情，真令人陶醉！"

此外，北戴河区还实施了沿海亮化、景观道路亮化、景区游园亮化等数十个重点亮化工程，打造了具有北戴河特色的标志性亮化景观：鸽子窝公园灯光秀、叠水夜瀑布、怪楼童话世界、梦幻海岸线，以及星光大道、翡翠大道、紫罗兰大道等。到北戴河看流星雨成为去年夏天游客和市民最津津乐道的话题。

街心花园：粒粒珍珠落城区

北戴河的街心公园绿树成荫，花团锦簇，游人如织，成为北戴河人气最旺的景点。街心公园比邻小区，它们浑然一体，一园一特色，构成了该区最具特色的景观区。

公园里各种花木摇曳婆娑、顾盼生姿，人们还可以携家人在花丛旁、树荫下、亭台花架下休憩，尽享天伦之乐。这些街心公园不仅成为市民文化娱乐的好去处，也成为凸显海滨风光的现代园林标志。公园里有专门的儿童游戏区，孩子们可以玩滑梯、跳沙池。

为给广大城乡居民提供优雅的休闲、娱乐和文化生活场所，增加城市绿化景观，该区在沿海线等重要路段栽植高大乔木的基础上，按照"一街一景"、"一街一特色"的原则，在精细上下工夫，进一步提高公园的绿化水平。如今月季园、牡丹园、鲁迅园、听涛园、剑秋园、北岭园、红石园等近百个各具特色的公园，连同北戴河一条条或欧式、或德式、或法式的建筑风情一条街，共同打造了北戴河颗颗璀璨的明珠。

村庄绿化：田园风光别样美

北戴河坚持从整体上建设5A级景区，统筹城乡发展，特别是借助三年大变样契机，推进新民居、文明生态村建设，实施农村环境提升工程，大力推行农村绿化，实施村居庭院化、生活现代化等工程，让村民受益。

2010年又实施了水系改造工程，辖区内的新河、戴河全面整治，生态景观再现，惠及河岸村庄。特别是戴河整治工程，建成了五条景观带和五个景观点。五条景观带是滨河度假景观带、郊野鱼夕风光带、生活主体休闲带、生态蕴育果林带、生命主题文化带。新增五个景观点，分别为展翅云翔、海阔天空、澄怀颉季、崔亭蒙络和月光森林。这让沿河两岸鸟语花香，成为北戴河新的旅游景观。

沿戴河而居的北戴河村、古城村、西坨头村等依托集发农业综合公司，建设乡村旅馆和旅客接待服务中心，并大力植树种草，美化家园，并结合自身村庄地形实际，开展了果品采摘游、乡村游等活动，推进家庭旅馆业发展，将农业与旅游结合，促进农民增收。目前，这几个村的乡村旅游开展得红红火火，"住农家院、吃农家饭、看农家戏、赏农村美景"的品牌效应已体现，北戴河村还谋划了戴河漂流、戴河垂钓、农村采摘游等特色项目，受到了远近城里人的欢迎。

我爱上了青龙

王莉芬（秦皇岛）

　　1970年的春天，我第一次来婆家——河北青龙。记得当时的县城仅有一条稍宽一点的街道，就是现在的燕山路。那时这条街还有两个特别风趣的名字——晴天是"扬灰"路，雨天是"水泥"路。街道两旁的房屋低矮简陋，就连街面上也很少看到像样的房子。走进商店，里面的顾客还没有营业员多，显得很冷清，商品匮乏得连一点像样的饼干都买不到。

　　婆家就在离县城不远的河南村，多数人家还是茅草房，窗子都是用纸糊的，在中间加一小块玻璃，用来观察外面的情况。因为没有电，家家点的都是煤油灯，晚上在灯下待久了，两只鼻孔都是黑黑的。粮食不够吃，缺柴烧，走在路上见了一截树枝，也要拣回家去，路边的茅草都被割得净光。村里十来岁的孩子每天都早早地起来，要抢在杨树叶子长老之前多采些回来，补充粮食的不足。因为我是初次来，嫂子拿出省下来的秫米和小米做些粥或干饭，平时家里人只能喝稀粥、吃薯干儿和野菜。

　　我那时就觉得，这地方真是贫穷落后，交通又不方便，日子过得很苦，丈夫转业时，说啥我们也不能回青龙。

　　转眼十几年过去了，1983年丈夫转业时，我很不情愿地随着他来到了青龙。

　　这时的青龙与十几年前相比，县城变化不大，街道、房屋依然是老样子，1988年我母亲第一次来青龙时，看到我上班的政府大院儿说，感觉像个大车店，一点也不像机关办公的地方。我们住的平房没有自来水，更不用说煤气暖气了，生活很不习惯。记得那时，我最打怵的是乘汽车外出，无论是回家探亲，还是外出开会，从哪个方向走都是

◎ 青龙新民居

凹凸不平的土路，汽车走在崎岖陡峭的山路上，不仅颠簸得非常厉害，更是令人胆战心惊。冬天，雪下得稍微大些，车就不通了。我的弟弟妹妹来青龙都说："到你们家来的路真吓人。"我当时打定主意，退休后一定回长春，说什么也不能待在青龙，这话天天挂在嘴上。

　　如今，我在青龙已经度过了二十多个春秋，亲身见证和感受到青龙的巨大变化。全县修建了四通八达的公路交通网，干线公路全部达到三级以上的标准。而梯子岭、青松岭等全县十多个公路隧道的通车，使人们的出行方便了许多。尤其是三年大变样以来，县城修建了一批大项目和城市标志性工程。过去窄小的一条街，变成了如今的"三路十二街"，打造了极具生态魅力的迎宾路，具有古典风情的金源街，呈现欧式风格的龙泉街。马路平坦宽阔，街道的两旁，高楼林立，龙城明珠、山水雅园等十多处新建住宅区，极大地改善了青龙县城的居住条件，过去低矮危旧的棚户区变成了各具特色的商住小区。完成了集中供热，天然气供应管道化，县城饮水、污水处理厂、生活垃圾填埋场等基础配套工程。家居建材城、汽博城、家乐家大型购物中心，均已投入使用，使县城更加繁华。望着威严耸立的县机关办公大楼、雄伟壮丽的青龙阁，自豪感油然而生。南山生态观光园，让青山走进城市，让市民回归大自然。昔日污水横流的南河，如今已是湖光山色。在县城公路的东西出入口处，修建了寓意龙凤呈祥的龙岛和凤苑，遥相呼应，塑造了一座充满民族文化韵味的县城。

在农村，随着富民政策的贯彻落实，农民的生活越来越好。一条条水泥路通向千家万户，一幢幢漂亮楼房拔地而起，室内装修得舒适美观，庭院瓜果飘香，绿树成荫，一派生机勃勃的景象。由于远离城市的喧嚣与纷扰，享受着大自然的清新与宁静，置身其中倍感惬意。

秦承高速公路已经修到青龙，全线通车后，不仅使外出更加便捷，更重要的是让每一位来青龙的客人都会记住青龙之美，传播青龙之名。

青龙先后获得了"2009中国改革年度县"、"全省城镇面貌三年大变样工作先进县"、"省级园林县城"等殊荣，这些荣誉为青龙赢得了尊严，为秦皇岛市争了光。过去的青龙是贫穷落后的青龙，今天的青龙是蓄势腾飞的青龙。

去年，长春亲人来青龙，他们看到过去破旧、闭塞的青龙，变成了具有民族特色的山水园林之城，齐赞"青龙的变化真快、真大！"现在如果有人要是问我，是不是还想回长春，我会说："不！"我已经爱上了青龙！我爱青龙的山，我爱青龙的水，我更爱青龙人聪明勤奋、淳朴热情、自强不息的精神。如今我的根已经深深扎进了青龙这片土地，我期待着青龙更美好更辉煌的明天。

森林和海洋的曼舞

郑茂明（唐山）

　　我觉得认识一个城市不难，浮光掠影地游览一番也能了解个大概，不过这样的了解仅限于即时性的、肤浅的走马观花。倘若想深入了解一个城市，感受它的性格、气质和文化，尚需一段时日的生活体验。

　　对于一座城市，时光是一口深井，每一个时间节点上都有不同的地质层，如今描述一个城市的变化速度用"日新月异"一点都不夸张，唐山的发展正沿着时间的纵轴飞速延伸，而代表着一个城市发展主题的名片正不断更新着内容。

　　在开滦国家矿山公园博物馆，翻开百年历史，我才近距离触及这座城市的底蕴。对于老唐山，我更愿意说它是漂浮在黑色长河上的矿车，时光追溯到一亿五千万年前，古老的唐山大地还是一片远古森林和海洋的舞台，海水在反复冲刷，地质层不断发生变化，孕育由此开始。随着深埋地下的黑色金子被挖掘出地面，煤炭孕育的漫长工业史为我们留下了难得的物质文化财富。羊皮大账本记录的煤矿工人受压迫和剥削的血泪史，美国第三十一任总统胡佛的复原办公室，让我们再次看到了西方的野心和触角，也看到了以唐廷枢为代表的民族企业家自强不息的实干精神。一个民族的近代工业发展史集中反映在一件件文物上，看到历史留下的古老的物件，我不得不感慨，唐山是个不断有奇迹发生的城市——1878年，清政府洋务派创建的最早使用机器开采的煤矿——唐山矿成立；这里修建了中国第一条标准轨铁路——唐胥路；建造了中国第一台蒸汽机车——龙号机车，还开挖了中国第一条煤运河；生产出了第一桶水泥……

　　开滦矿山公园博物馆保留了清末以来与开滦煤矿有关的大量的历史文物，在见证老

◎ 腾飞的唐山

唐山历史奇迹的同时，也见证了西方列强对我国煤炭资源的无休止的掠夺，早期的煤炭工业也催生了文化的发展，广东人、西洋人、老唐山的贩夫走卒、窑神庙、洋房子、评剧、皮影、乐亭大鼓共同出现在老唐山风情小镇，中西方文化、南北文化交汇融合，孕育了老唐山文化的底蕴。

大地震之后，在废墟上屹立起一座新城，唐山凤凰涅槃，浴火重生，唐山进入工业化时代的第二阶段，北方的工业重镇擎出崭新的名片——近代工业摇篮、北方瓷都、世界钢铁之都。然而在发展的背后，环境污染、生态失衡也逐渐显露出来，昔日的工业重镇灰烟笼罩，废水横流。唐山是一个以采煤起家的重工业城市，由于近百年的开采，在市区周边形成了采煤下沉区，南部采沉区就是其中之一。几十年的沉降过程使采沉区内杂草丛生、坟墓遍地、污水满沟，成了人迹罕至的废弃地，垃圾也堆积如山。然而就在几年前，一座以"绿"为主题的中央生态公园化腐朽为神奇，环城水系全面整修开通，一个城市的生态体系逐渐形成。从煤矿——钢铁、陶瓷——南湖生态公园、曹妃甸新兴工业区，唐山正从矿车上逐渐转向海洋生态城市发展的道路，亲民、亲水、亲近自然，

　　循环发展成为城市未来发展的方向。2008年之后，一个崭新的唐山创造了沧海桑田般的奇迹，塌陷坑变为生态湖，曹妃甸填海造陆，新的城市发展思路和工业化道路成为唐山发展史上的大手笔。

　　近现代唐山的工业文化发展的历史和带来的巨大变化广为人知，而更加细微的变化却需要用心来体验，当我们穿梭在唐山的大街小巷，很容易从立体上感受一个城市的快速发展和巨大变化。我甚至日益感觉到这种直观的变化。

　　这个城市在长高，塔吊林立的建筑工地，越来越多的高层建筑树立起来，成为标志性建筑。

　　这个城市在变美，大城山公园、凤凰山公园、纪念碑广场、南湖公园、环城水系，绿树碧波。最深的感受是登上凤凰台，环顾四周，湖水浩渺，荷柳如烟，岛桥相连，舟楫穿水，绿树丛生，仿佛城市剥离出的一块胜景，供人们自由地诗意地栖息。

　　这个城市更加富有人情味。我想体现一个城市最终魅力之处在于一个城市的性格，当我们还在津津乐道唐山的坚毅、钢性、自强不息的时候，这座城市正在悄然发生着变化，唐山正在注入一些柔和的内质，亲水则灵动，亲绿则自然，而四处飞来的白鹭、鸥鸟为湖水环绕的城市注入了点点生机，"感恩、博爱、开放、超越"正成为新唐山的人文精神。

　　每当走出家门，我感觉到，这个城市更加富有诗意，某一个早晨，鸟鸣啾啾，芳草含露……一个城市真正诗意的到来，是我们走出家门，发现难得的一份自由，思想里、生活上的压力突然减轻了，一种惬意浮上心头。而当一个城市洗尽铅华，化腐朽为神奇，历史正从黑色长河孕育出的矿车上插上腾飞的翅膀，飞向海洋。

　　我们说煤炭的产生孕育了亿万年，是森林和海洋的曼舞，想象这样的场景，阳光蓝天，蔚蓝的海水冲刷着沙滩、茂密的古老森林，谁曾想到会成为今天的模样。如果说煤的形成是一种沧海桑田，谁敢说今天的唐山不是这样呢？如今海水已经冲刷掉了煤黑色，唐山的蓝天多了，绿草红花多了，生态发展的理念深入人心，伟大的唐山人民用汗水和智慧改变着自己的居所，翻开日历，某一天，诗意和幸福随着这种变化悄然而来——原来我们已身在其中。

© 唐山南湖

诗游南湖

长正（唐山）

近年，随着年岁增长，行动日益迟缓，人也变得懒惰了。大多时日，"躲在小楼成一统"。扶几凭窗，踱来踱去，借磨鞋底子打发时光。对室外变化多端的大世界，知之甚微。

春的脚步声，渐行渐远；夏的熏风，悄然而至。老友打来电话招呼："老伙计，别在屋里捂春了。出门透透气吧！"

我问："有好去处？"

老友答："去南湖，散散心，有兴趣吗？"

我想，如今处处在变，出去见见世面也好，于是慨然允诺。

往常出门，全靠双脚，后来日子过得宽裕一点，办事骑自行车，这次和素日不同，乘的是老友孩子驾驶的四轮"本田"，真应了那句人们常挂在嘴边上的话："鸟枪换炮了。"

车上建设路，车头朝南，风驰电掣。环视四周，乔木葱茏，视野开阔，从心眼儿里觉得豁亮。

车进了地震遗址公园。仰望嵌满逝者名字的纪念墙，一片肃然。想起三十多年前，那个风狂雨骤的夏天，血泪挥洒的严峻时刻，鼻子酸酸的，深深地弯下腰。拉不开扯不断的嫡亲故旧，生前相处相聚的陈情大义，回旋在心头。稍可宽慰的是，他们的灵魂，终归可以安息在家乡的这片热土上了。

告别地震遗址公园，车子开起来，一直往南，往南，往南。南风从车窗扑进来，吹得身上暖暖的；听着车轮碾地的沙沙声，人也有点懒慵慵的了。

路两旁，树在水中，水拱绿树，像盆景，又像油画，直到发现丰南地界的路标，才摸到大湖的边缘。俗话说，河没头。幸亏南湖有边，但已不知它比昔日的塌陷坑，扩展了多少倍？

车沿湖周边绕了一个大圈儿，拐到小南湖，第一眼看到的是那座小南湖"地标"性的建筑"风车"。一年四季，不知见证了多少对相亲相爱的恋人，拥绕在左右，结成连理。它给人们带来幸福，让人感到温馨。我抚摸着它的胴体，忘情地诌了四句八言的蹩脚诗：

八节辉映日月星辰，四时绞动雨雪风云。
左倾茂林绿涛仰俯，右盼湖光粉荷缤纷。

漫步长堤。长堤上有两棵绿柳，是早年塌陷坑的遗物。老朽的躯干，抽出新的枝条；枝条上的叶片，由鹅黄泛出葱心绿；树下金色的蒲公英，谢了又开；堤下菖蒲摇曳，紫色的苇锥萌发；苇丛中传出野鸭轻轻的划水声。水中菡萏，亭亭玉立。放眼远方，水天一色。对岸那座白色的拱桥，高悬在水面，如一弯新月。湖中碧波涟漪，木桨生花。再看湖中泛舟的老太太，如云中鹤，终南仙，安然自得。

须臾，一位头戴遮阳大礼帽、穿着新潮的长者，手提一只十分考究的鸟笼，优哉优哉地迎面走来。笼中两只翎毛苍翠的小鹦鹉，欢快地跳跃着。我觉得有趣儿，凑上去说："老哥雅兴。"

长者睃了我一眼，抬手举笼，面朝浩瀚的大湖，无声地将笼门打开，轻轻地拍了几下笼体，小鹦鹉探头探脑地展翅腾空而去，我不由为之愕然，悄声对老友说："多可爱的两只鸟，让它飞了。"

老友说："养鸟放生，修好积德。这叫一个人一个活法儿，他活得比我们滋润。"

陡然，南风转换成东风，扑在脸上凉丝丝的，随之太阳失色，天空灰蒙蒙飘起雨丝。老友招呼躲进"荷雨亭"。

雨点密集起来，亭子的翘檐上，渐渐有了响声。亭外湖中碧绿的荷叶上，布满了晶莹的水珠儿。江南听雨打芭蕉，是人生一大快事，而今南湖听雨敲新荷，又何尝不是一大乐事？

万径俱寂，小雨淅沥，如珠落玉盘，玉珮琼琤，时缓时促，意蕴悠远，意味绵长。

此刻，浩瀚的大南湖，烟笼雨罩，鱼儿跃出水面，鹭鸶雨中啼鸣，淡淡的意趣，浓浓的乡情，烟雨中的"凤凰台"，绿云中的"望湖山"，遥守相望，双峰对峙，深蕴着唐山人的汗水和才情。

面对这烟雨世界，回想南湖的变迁，有几人不为之动容，不为之心醉？"高标流逸韵，醒世作雷声。"

此刻，沉默良久的老友，连声感叹，话多了起来。由当年毁家荒田的塌陷坑，讲说到眼前这世外桃源般的大南湖，一再庆幸自己这辈人，老来赶上个好年月，使我一时忘却了人世间的烦恼。

雨霁，步出"荷雨亭"，西天彤云如血。兴奋之余，复又口占小诗一首，呈正老友：

濛濛甘雨锁青山，烟波不兴水无澜。
秀木万顷半遮面，孤雁啼声惊睡莲。
岸边扁舟待人渡，荷雨亭里好悟禅。
烟雨南湖一幅画，何方飞来天外天。

是日，是我最快活的一天。

南湖旧事

白成（唐山）

　　2009年5月1日，唐山南湖中央生态公园正式开园，生态南湖、好玩南湖、神奇南湖、文化南湖，一时间唐山南湖中央生态公园声名鹊起，游人如织。唐山南湖中央生态公园内树木成荫、草坪翠绿、湖水清澈，凤凰台高高耸立，这里已成为唐山广大市民休闲娱乐的场所，更吸引了京津等地游客慕名而来。

　　说起唐山南湖中央生态公园，不禁使我想起二十多年前上初中一年级时发生的一幕：那是炎炎夏日的午后，课堂上唯有女老师娓娓的讲课声，几名平素里调皮的男生正偷偷地打着瞌睡。突然，坐在前排的一名女生迸发出一声尖叫，打瞌睡的男生们立刻被惊醒，顽皮的本性又让他们找到了作乱的机会，课堂上顿时活跃起来。女老师严肃地责问女生："你怎么回事？"

　　女生惊恐地指了指课桌下面，我们全都好奇地站起身观望，一条青蛇正盘绕在她脚上穿的白色凉鞋上一动不动。女生的腿在不停地颤抖。

　　女教师懵了，但她又立刻警觉起来，对全班的男同学说："你们谁能把它弄走？"

　　我们班上一个熊姓男同学从教室后面微笑着走过去，俯下身子很轻松地抓住了青蛇的身子。青蛇愤怒地摇动着脑袋，

　　"把它扔出去。"女教师指着窗外。我们教室在一层。

　　熊姓同学在女教师面前晃了晃青蛇说："老师，你看它不咬人。"

　　"快把它扔出去。"

　　熊姓同学说："老师，我们好不容易抓到的，放了多可惜。"

"好啊，你们中午不睡觉，原来跑去抓蛇吓唬女同学，怪不得你们上课打盹。"

"老师，我们没有吓唬同学，刚才是我没有注意，把存放它的瓶子踢翻了，它才爬出来的。"

"蛇是从哪里抓来的？都是谁去了？都给我站起来，让你们捣乱！"

女教师的课没有继续下去，后半堂课变成了审问课。

四个男生慢吞吞地站起来。

熊姓同学说出了一个地名，那里是今天南湖中央生态公园的一部分。

"那里你们也敢去，胆子也太大了！"女教师非常严厉地教训着。

二十多年前有人到那里去捕蛇的确是件不可思议的事情。

众所周知唐山是一个以采煤业兴起的重工业城市，由于一百多年的开采，在市区周边形成了采煤下沉区，我和同学们经常光顾的南部采沉区就是其中之一。几十年的沉降过程使采沉区内杂草丛生、坟墓遍地、污水满沟，成了人迹罕至的废弃地。

我们班上的男同学却没有退缩，反而把那里开辟成诡秘探险测试胆量的实验场，经常三五成群跑到那里去玩耍，如果谁不肯去就成了名副其实的胆小鬼。课余时间更是饶有兴趣地相互诉说对方的糗事。比如，我们公认的胆量最大的熊姓同学曾经为了追赶一只野兔双腿落入腐朽的棺木中，想拣起脱落的鞋子却摸到了一块凉飕飕的白骨，这让他足足惊惧了一个月，夜不能寐；还有人为了能看到奇特的鬼火，故意挨到天黑，等回到家里让父母好一顿埋怨和责骂。大家在相互取笑声中等待着上课的铃声。

那时我们年少，在一段时间里把那里视为百草园，不懂得环境是最大的资源，生态是永久的财富。

但随着年龄的增长，我们越来越意识到那个地方已经严重地破坏了我市的生态环境和城市容貌，影响了南部采沉区周边居民的日常生活。我们也越来越期望有一天它能得到彻底的改变。

在盼望中，我们始料不及的是，2008年初，唐山紧紧抓住了全省城镇面貌三年大变样这一历史机遇，通过科学论证，提出了"打造南湖生态城"的战略构想：根治城市"工业疮疤"，整合采煤塌陷地及其周边地区，建设面积91平方公里的南湖生态城。

经过一年多时间，四百多个日日夜夜的奋战，唐山市在采煤塌陷区栽植树木近50万株，完成绿化面积62万平方米，清运垃圾800万立方米，形成水域面积11.5平方公里，相当于两个杭州西湖。公园内大量栽种乔灌草植物，湖面上大面积引种了蒲草、芦苇等，形成了良好的生态系统。曾经的城市"工业疮疤"，变成了城市的天然氧吧和"绿肺"。南湖大开发，开启了唐山城市转型的生态之门，真正变劣势为优势、化腐朽为神奇，在唐山历史上创造一个新的奇迹。

从新闻中得知，唐山将承办2013年第八届中国国际花卉博览会。中国花卉博览会（简称"花博会"）始办于1987年，是我国规模最大、档次最高、影响最广的国家级花事盛会。

从另一则新闻中得知，2010年10月6日，在韩国顺天市举行的国际园艺生产者协会第62届年会上，唐山市获得了2016年世界园艺博览会的承办权。唐山成为我国第一个承办世界园艺博览会的地市级城市，是世界园艺博览会首次利用采煤沉降地，在不占用一分耕地的情况下举办世界园艺博览会。

唐山世界园艺博览会将于2016年5月至10月在唐山南湖举办。园址占地506公顷，主题是"都市与自然·凤凰涅槃"，其含义是时尚园艺、绿色环保、低碳生活，都市与自然和谐共生。届时将有几十个国家和地区参展，预计观众将达到1500万人次以上。

世界园艺博览会有着世界园林园艺界"奥林匹克"盛会的美誉。迄今为止，世园会共举办了20多次。

2016年恰逢唐山抗震四十周年，在唐山南湖举办世园会，可以向世人展示唐山抗震重建和生态治理恢复成果，表明唐山人民保护环境、修复生态、实现资源型城市转型和可持续发展的决心。

唐山人民热烈期盼着，这是河北的骄傲，这是中国的骄傲。

风景里的河流

碧青（唐山）

　　去年早春时节，迎春花摇曳的日子，在我们生存的土地上，在我的身边，一条古老的河流再现了。又是一年春去秋来，每一个早晨，每一个黄昏和夜晚，都有很多人在岸边散步、垂钓、踢毽子、唱歌、跳舞或约会。我曾经在某一个假日，徒步行走在这条河流的两岸。从此，我爱上了独自在河边散步。河流两岸十里带状公园，便成了我经常置身其中的风景，或身心的一种去处。

　　今天是十月六日，正值国庆节假期，我又一次独自走进河岸的风景长廊。此时，这条河流就在我的身边，自然而清澈地流淌，美丽而欢快地流淌。

　　它的名字叫三里河。对于广袤的世界来说，它是一条无名的河流。但是，对于这片土地，它却是历史和现世都无法遗忘的河流。它是从遥远的古代流来的，已流经了千年的岁月。它最初的源头，是迁安小寨村边的三眼泉水。传说那泉眼是唐王征东时，用扎枪扎出来的。泉水不断喷涌，然后，形成河流，解决了大队人马饮水之急。因此，唐王御封三里河为"铜帮铁底饮马河"。在我的想象里，三里河就是大自然恩赐给人类的河流。它自诞生以来，就开始哺育这片土地上的所有生命。它从小寨村向东南流经新寨、五里岗、石李桥等村庄，于沙河子村南注入河北省第二大河——滦河，全长三十多里，流域面积近百里。

　　据说，历史上的三里河是卵石河床，清澈见底。沿途到处有泉水涌出，从来没有出现河道干涸或断流的现象，亦没有给沿岸的村庄带来过水灾。三十年前，三里河的水还清洁欢畅，河里游动着鱼虾，开放着莲花，岸边生长着苇草和多种野花。孩子们在河里捞鱼，姑娘们在河边洗衣，像一幅自然美丽的岁月图画。我知道，那是清洁的河水流出的图画啊！或许，这里亦是生活在农业文明里的人们，生命与自然相交融的福祉。

除去家门前的那一条季节河，这一条三里河，是离我最近的河流。河面离我居住的楼房，仅几十米。可是，它在我的记忆里却是丑陋的，是没有生机的死水。说起来惭愧，面对这一条我与之相邻了二十年的河流，我一直保持沉默，或者说叫漠视。从我见到它开始，它就是一条污浊的水沟。这是带有原罪的现代工业发展的结果，因污染让一条河流消失了。它还让我的心灵，产生了一种受难的感觉。只要看到身边污浊的河水，心就很难受。日夜与它毗邻而居，是生存的无奈。因为，我无力阻止现代人因对金钱的欲望去污染河流，所以，很多年，我的心只能游离它。过去，三里河美丽的传说和两岸的风物，离我是那么遥远。

是否，河流也是大地的一种根脉。清洁河流的水汽，会让人的心灵清新和丰沛。是否，因为水是人最重要的生命元素之一，面对清洁的河流，人的心灵，自然就会升起鲜活的生机和灵气，会瞬间进入安泰和美丽的境界。而面对污浊的河水，很容易产生重大的生命缺失感，或陷入丧失家园的忧虑；很容易产生生命的漂泊感；亦很容易以精神的方式，遗弃置身的家园土地。或梦想远方，或面对大地之上的天空，产生飞翔的梦想……

一位诗人说过：土地干旱了，心灵也一样焦渴；河里没水了，就像人丢失了灵魂。人与自然，息息相关。

是的，在大地上众多美好的事物里，河流，是我最喜欢的。我不愿去接近干涸或污浊的河流，就像不愿走进荒原。日夜轮回的很多年，我几乎没有到过去的三里河边走动过。多年前，我曾经望着东岸的一片杨树林，产生了诗意，写下过一首小诗——《对岸的小树》：

> 对岸的小树 / 就在不远处 / 每一天日出日暮 / 我们都在彼此站立的岸 / 用目光问候
>
> 我们之间的小河 / 曾经从遥远的年代流过 / 如今 / 已经照不出 / 天上洁白的云朵
>
> 呵，对岸的小树 / 我每天遥望你灿亮的绿叶 / 却不愿去蹚 / 那一条在我们之间流过的 / 污浊的小河

◎ 奏鸣　谢明摄

　　那种对绿色生命的追逐和礼赞，亦是超越现实的梦想。那时，我还曾经想过：今生，不知是否有缘看见三里河梦一般清澈的流水……

　　近年来，随着城市的扩展，三里河两岸的很多村庄，已经变成了城市的组成部分。但是，它的故道，流动的大多是城市生活和工业废水。就在两年前的春天，地方政府启动重修三里河的浩大工程，把滦河水引入三里河的老河道，拆迁或治理沿途的污染工厂。就在今年春季，三里河终于再现了清澈的流水和草木繁茂的勃勃生机。

　　如今，三里河的源头，已经不仅是那个名叫小寨的村庄，还有古老的滦河了。它已经是一种风景里的河流，是在一座城市的期待里再生的河流。或者说，它已经不是自然流动在天地之间的那一条河流，而是流淌着人类的生存意志和美好情感的河流。

　　漫步河岸，可以说是十步一景。融入现代艺术和生活理念的风格迥异的景区，美如诗画。可是，我总爱伸手抚摸那些茂密的野生苇草和狗尾巴花。时常，依靠着木桥的栏杆，看那些粉红的水莲花。我爱极了岸边那些柳丝拂地的杨柳，它是那么安然而沉静。不知古人，是否有在春天或月下折杨柳赠人的浪漫习俗。如今，我只好对它独自行注目礼了。我特别喜欢西岸南段的那一组铜雕塑像，名字叫记忆。那是来自童年和人的天性的记忆。孩子们有的在打冰猴，有的在推着铁环奔跑，有人端着一条腿在撞拐……岸边的水车、磨盘、石碾、石龟，那不仅是人类的记忆，也是三里河的记忆吧。

　　从此，我才意识到，自己就居住在一条河流的岸边。

　　我是一个做梦都想把自己安放在美好风景里的人。可是，过去的很多年，我的梦境，很少在周围的土地上出现。我的心，就像一扇窗口，总是敞向外面的世界，总是遥望天空，又总是忽略着近处的事物。人，在哪里才能天经地义般显示出生命美好的存在？或许，这是人与自然是否和谐的重大问题。

　　如今，我才明白，能够安放身心的地方，就是生命的福祉。

　　或许，在这一片土地上，我应该面对的，已经不仅仅是一条古老河流的再现。

廊坊，引吭绿色之歌

赵清超（廊坊）

廊坊，是一座充满青春气息的现代化城市。

廊坊，是一个呼吸着浓郁乡土的村庄。

廊坊，是一座茂盛的森林城市，廊坊也是一片葱郁的城市森林。

廊坊地处何方？

北京人称廊坊是北京的，天津人讲廊坊是天津的。而廊坊人却自豪地说，廊坊是直隶河北的。

确切地说，廊坊是驻足在北京和天津两大都市之间的一颗耀眼的明珠。

廊坊人自豪。那是因为廊坊距天安门广场40公里、距天津港60公里的区位优势。谁人拥有，谁人能比？

廊坊人骄傲。那是因为一百多条进京的道路，让北京和廊坊血脉相连。

有一个真实的故事在网络上流传：一位北漂了十几年的白领，努力打拼，创造业绩，让家乡父老引以为荣。当他兴奋地终于在北京购买了房子，有了属于自己的家园，他陶醉在自己的成功和幸福之中，幸福和满足弥漫着他的心扉。这时，他的手机飘来一条短信："河北廊坊欢迎您。"

您千万不要把这个故事当成笑话，因为我想告诉您的是这个故事的延续。

据官方权威媒体介绍，今年廊坊环北京的县（市）区，固定电话的区号将统一为"010"，而手机则在这两地取消了漫游。

于是，有了一个新概念：廊坊北京"同城对接"。

京沪高铁年底通车运行。从北京出发第一站就是廊坊。区间运行仅仅需要15分钟。城市轻轨L2和M6线规划设计抵达燕郊和廊坊，正从"蓝图"中走向老百姓的生活。让北京人渴望已久的首都第二机场选址在廊坊和北京交界处，又着实让廊坊人美得合不拢畅怀大笑的嘴。京沪高速、京津高速和正在建设中的第三条京津高速将穿越廊坊大地。廊坊，将在环首都经济圈中引吭高歌……

有文人雅士作《廊坊赋》，其中开篇是这样吟唱的：京津走廊，明珠廊坊。幽燕腹地，溢彩流光。东望渤海，西卫国都，北屏燕岭，南连沃壤。物华天宝，钟灵涵芳；雄杰云蒸，英才俊朗。进京下卫，不足百里；上天入海，如履平阳。南有苏杭，北有廊坊，宜居宜游，秀夺天光。区位独特，环境清雅，风景瑰奇，气韵酣畅。

廊坊是一座和谐文明之城。在中国最早提出建设和谐社会的城市是廊坊。廊坊人以自己的坚韧和执著数十年磨一剑，在争创全国文明城市的活动中，让老百姓受教育、提素质、得实惠！

廊坊人是谦和的。在众多的廊坊城市"名片"中，廊坊人更偏爱"2010中国最佳信用环境城市"称号和"中国信用特别贡献奖"的金字招牌。

廊坊人是睿智的。廊坊鑫谷光电股份有限公司生产的LED多面发光体灯泡，改变了以往LED只是单方向发光的历史，实现了360度立体发光的重大变革，目前这项技术属于全球首创。如果这项技术在全国的使用量达到三分之一，全国每年节约用电量相当于三峡水电站一年的发电总量。如今，像鑫谷光电这样的高新技术企业，在廊坊已经近700家。

廊坊人是具有世界眼光的。聘请美国HOK公司制定的城市总轨提升方案，在上海世博会城市最佳实践区展览中成为"廊坊案例"。同时，作为亚洲唯一的城市，荣获2010年世界建筑界最高奖项——美国建筑协会优异奖。廊坊让全世界瞩目期待……

难怪，美国能源部长朱棣文先生来中国访问唯一参观的民营企业就是廊坊新奥集团公司。因为在这里，一个以甘中学博士为核心的世界顶尖清洁能源科技研究团队离开美国选择了中国廊坊！同时在后金融危机时代，创造了全世界最领先的清洁能源核心技术。

廊坊人更是求真务实的。科学规划才能科学发展。"十二五"期间，廊坊将重点完成五大任务：一是绿色人均指标争先。更加注重以绿色人均收入为主导的科学发展指标强劲增长。以2010年为基期，到2015年底，全市人均GDP力争翻一番，年均增速达到12%以上；人均地方一般预算收入确保年均增速20%以上，力争翻一番半；城镇居民人均可支配收入和农民人均纯收入力争翻一番，年均增速确保12%；万元GDP能耗降低15%，COD等主要污染物排放量削减10%。二是环首都经济圈领唱。更加注重高端发展，把廊坊建成环首都地区质量最佳、结构最优、效益最好的发展新引擎，高增长、高技术、高收益的产业隆起带，环境优美、宜居宜业的现代化城市，互通互建、互补互促的城乡示范带，健康、休闲、度假的旅游带和空气清新、风光秀丽的生态带。三是产业结构高端构建。更加注重战略性新兴产业培育，推进现代服务业壮大，力促传统优势产业升级，基本建成金字塔形现代产业体系。到2015年底，全市高新技术产业增加值占GDP比重达到20%，以现代服务业为主导的第三产业增加值占GDP比重达到42%。四是城乡统筹全省示范。更加注重城乡一体化发展，建成全省城乡形态优美、产业支撑有力、功能配套完善、体制机制顺畅、充满活力的城乡统筹发展示范区。到2015年底，全市城镇化率达到60%，新民居建设覆盖率达到50%以上。五是"幸福廊坊"品牌叫响。更加注重就业、增收、住房、教育、文化、社保、安全等民生工作，使发展成果充分惠及全市人民。

人是要有精神的。一座城市也是如此，廊坊的城市精神是："大气、锐气、和气。"廊坊产业发展定位是"京津冀电子信息走廊，环渤海休闲商务中心"。而廊坊的城市发展理念就是"生态、智能、休闲、商务"。

这些都不是口号。这些是廊坊人在不断地超越自我的实践过程中总结提炼出来的科学发展理念。

廊坊人，最懂得自己。

追求绿色，是廊坊这座年轻城市的梦想和灵魂。

幸福廊坊是廊坊人不懈的追求和希望。

幸福廊坊是廊坊人自己用勤劳和智慧开创未来的勇敢实践。

幸福廊坊不仅仅是一个奋进的目标，更是每一个廊坊人都渴望的精神家园。

廊坊的明天一定会更加美好！

因为，我们相信自己。

因为，我们会一直努力。

今非昔比话廊坊

李文洪（廊坊）

　　我的可爱家园廊坊，在河北城市群中，有着与众不同的独特之处：一，地处京津之间，区位优势得天独厚；二，它不是一个古老的城市，而是改革开放后迅速崛起的新型城市。一个名不见经传的小城镇，发展成为京津走廊一颗耀眼的明珠，可算是个奇迹。随着全省推进城镇面貌三年大变样，廊坊在原来的基础上，城镇建设及人民的精神风貌发生的巨变更令人震撼。围绕"繁荣与舒适"两大目标，逐步打造成"近者悦，远者来"的生态宜居城市，使"幸福廊坊"成为响彻京津冀城市群的靓丽品牌。我是廊坊巨变的亲历者和见证人。

　　回眸廊坊巨变，还得从头说起。

　　廊坊市前身属天津地区。"文革"前，我是《河北日报》驻天津记者组记者。1969年初，由于区划调整，记者组随天津"地革委"从天津市迁到安次县廊坊镇，廊坊成为天津地区首府。随后，我的工作几经变动，先后在地区报道组、写作组、地委宣传部新闻科、宣传科、《廊坊日报》担任一定的领导职务，直到1997年退休。来到廊坊40多年，我亲身经历了天津地区改称廊坊地区和地改市等区划变动，目睹和经历了历届党委、政府和广大干部群众为廊坊发展坚持不懈的努力奋斗，深切感受到廊坊迅速崛起和创造的世纪辉煌。

　　昔日，廊坊小镇只有老火车站和"三角地"算是繁华地带，东风商场、廊坊小礼堂是当时人们较为理想的购物和娱乐场所。除此，没有像样的建筑物，高楼大厦更无从谈起。那时，廊坊街道的特点是丁字路、断头路、死胡同比较多。风起尘土飞扬，下雨道路泥泞不堪；臭坑塘、臭水沟随处可见；夏天，听取蛙声一片；冬天，煤烟缭绕……人们的生活和自然环境不言自明。

党的十一届三中全会以后，廊坊人迎来了改革开放的春天，广大干部群众解放思想，敢闯、敢干，凭借毗邻京津的区位优势，从发展乡镇企业起步，建设城郊型经济，聘请"星期六工程师"，为廊坊发展做出应有的贡献。接着在沙丘地带建立经济技术开发区，筑巢引凤，三资企业如雨后春笋，民营经济占据半壁江山，国有企业改制转轨，农业实行产业化，结构调整明显优化，经济持续快速发展，综合实力和人民生活水平步步攀升。尤其是近几年，廊坊市委、市政府带领全市人民高举中国特色社会主义伟大旗帜，以邓小平理论和"三个代表"重要思想为指导，全面贯彻落实科学发展观，大力推

◎ 悠然自得

进城镇面貌三年大变样工程，城镇化率已达近50%，廊坊生态智能城市规划荣获世界建设最高奖项——美国建筑师协会优异奖。市区拆临拆违基本完成，改造了20个城中村、8个棚户区、52个旧住宅小区、28条城区道路，整治了34条背街小巷，打通了5条断头路。尤其是五洲大酒店爆破拆除，使金光道东西畅通无阻，并拓宽了光明西道，与市区的爱民道、广阳道并驾齐驱；新华路、银河路、新开路、建设路、和平路改造升级，继银河高架桥之后，又建成多座地下桥，东西南北外环全面贯通，车水马龙，川流不息。城市功能日臻完善，促进了经济社会稳步、快速发展，人民的生活质量、生态环境，以及文明程度均得到巨大的改善和提升。

如今，廊坊由一个无名小镇发展成为享誉全国，甚至海内外具有知名度的花园式城市。高楼大厦鳞次栉比，市区绿化覆盖率达到46.5%，空气质量二级以上天数达到344天；夜晚华灯初上，五颜六色异彩纷呈；新建成的具有"小鸟巢"美誉的体育场，为成功举办省十三届运动会增光添彩；人民公园、文化广场、艺术大道、自然公园和市区内多处街心花园风景靓丽，为市民提供了休闲、健身、娱乐的场所；明珠大厦、京客隆、沃尔玛、新朝阳、乐购、华普等各大商场超市，以及新世纪步行街和多家星级宾馆、酒店，成为人们购物、消费的好去处；多所大专院校、东方大学城以及十几家国家级科研机构落户廊坊，使其成为文化和科技含量较高的新型城市。

廊坊今非昔比，现在已成为ISO14000国家示范区、中国优秀旅游城市、国家环保模范城市、国家节水城市、国家可持续发展实验区、2009年度全省减排工作先进市、中国北方内陆地区唯一的中国人居环境奖城市并连续三年成为创建全国文明城市先进工作市。目前，廊坊城镇面貌三年大变样的脚步并未停止，而是在"十二五"开局之年乘势跨越冲击，正在加速建设万达广场、广阳CBD等5个城市综合体项目，推进构筑"京津冀电子信息走廊，环渤海休闲商务中心"。全市经济社会形成了大发展快发展的强劲态势，京津走廊这座明珠之城将更加大放异彩！

三年大变样中一位引领者的故事

于连江（廊坊）

在有些人质疑甚至抱怨三年大变样的是非功过后，今天却喜悦地赞赏它是成功之举。往日的廊坊，房舍里出外进，街道弯弯曲曲，私搭乱建司空见惯，脏乱差现象无处不有。而今的廊坊，城还是那座城，地还是那块地，然而却是旧貌换新颜。

我写的这位在大变样中的引领者，他与大变样有着息息相关紧密相连的情缘。

还是在他任廊坊市副市长的时候，他看到国外的城市，也看到诸如珠海、深圳等新兴城市，联想到自己所在的廊坊市，就萌生了一种改造旧城，提升城市质量，向新兴城市看齐的念头。正是他先知先觉念头的存在，三年大变样蓝图的出台正中了他的下怀。他要满腔热忱、义无反顾地实现自己的夙愿。

首先，他利用自己的工作之便不知有多少次借着会上会下的机会广泛宣传大变样的重要意义，引导人们向前看，叫人们认识到大变样利在当代、功在千秋，是造福后人的好事，以他的威望和为人师表的魅力逐步统一了许多人的思想认识，消除了一些人的质疑和对立情绪。

思想通，事竟成。许多人开始关心三年大变样，主动为大变样建言献策。

论到三年大变样工程，这位引领者可算是行家里手。用他自己的话说：合理规划，科学实施，省钱办大事。

说来凑巧，正在这时，天逐人愿。由于他们的机关还是20世纪90年代初期的建筑物，已是多处缺砖少瓦，陈旧不堪，迫切需要大修了。此时正是六七月份，连续三个多月，大家看到他几乎用了自己全部的休息时间，天天汗流浃背地亲自规划设计，亲自安排部署，亲临一线指挥。赶上连续几天他在外地开会，他就电话运筹，指挥施工。不久，把一个原本光线暗淡、陈旧不堪的机关改造成了优雅别致、整洁漂亮、落落大方的机关庭院。院中打造了小喷泉，可以见到涓涓流水，养鱼池里彩鱼游荡，整个大院月季、玉兰鲜花连片，银杏、塔松绿树成荫，不时听到鸟雀的欢叫声。还有球类室、健身房、书画院、多功能厅，一应俱全。

这项工作起步早，竣工快，建筑风格独特，被称为文明机关一号亮点工程。规划部门和文明办开会向全市推广这一模式，从而引领了全市机关庭院的开发建设，外市外省纷纷慕名而来，学习机关庭院公园式的经验，也学习开展部门工作的经验。

在全市大变样工程的实施过程中，尽管相关部门进行了充分调研和论证，但仍存在着不尽如人意的地方，这位引领者技高一筹，三伏天里天天骑着自行车上下班，为的是中途听取些群众的意见，每当碰上有三一群两一伙的人议论时，他总是推着车走过去搜集，许多人认识他，愿意讲出个人的见解。有一次人们提到经济大发展，汽车迅猛增多，马路宽度应该怎么适应。他借工作之便，使这一意见协商在决策之前。职能部门攻坚克难，几改方案，最后全市几条主街道都是六条车道，今天看来当时的努力获得了长久的受益，非常值得。有许多有价值的建言献策都是他利用类似这样的方式获取的。

廊坊市品位的提升，吸引了京津大城市的目光，已经开始了"京津冀大战略经济圈"互利协作。这位引领者也是工作需要积极投身到各项洽谈对接之中，一次次的协调论证会拿出了许多可行性强的方法谋略，让廊坊的资源在更大空间发挥作用。这项大计已经进入国家发展规划，中央主要领导亲自出席会议，推动大协作的进展，这位引领者就是这样为廊坊市的"十二五"规划铺路搭桥。

这位引领者受到了廊坊市广大群众的普遍称赞，说他为廊坊的快速发展真是呕心沥血，功不可没。当他本人听到这些赞誉时，他总是说：我爱廊坊，廊坊是我的城市我的家。大家提到他时总会说：这个人真好！

这个人是谁？他就是现任市政协主席——寇德松。

我是一个退休了的人，受客观条件的局限，我只能是支离破碎又是只言片语地写了这么点故事，肯定没有抓住核心主流。他那些精彩的故事，由他人去讲吧。

吾祝护城水常清

闫逶迤（保定）

　　"沧浪之水清兮，可以濯吾缨；沧浪之水浊兮，可以濯吾足。"古人觉得，河水再污浊，还是可以洗洗脚的，他们看不到现在被污染的河流，如果把脚伸下去，只能把脚弄得更脏，甚至因为其中有化学污染物而把脚灼伤起泡。

　　保定护城河被古人认定为上谷八景之一，并因为其源头为鸡距泉、一亩泉而被雅称为"鸡水环清"，其最大特点就是水清！据称当时"水深一二米，清可见底。鱼种丰富，间有水草随水悠荡让人心旷神怡"。据母亲讲，上世纪五六十年代，护城河里还可以撑船、打鱼、游泳，还有鸡水环清的景象，随着岁月的流逝和城市的发展，特别是西郊工厂的兴起，大量工业污水生活污水都注入护城河里，护城河成了保定老城区敞口的大下水道，护城河逐渐面目全非了。

　　上世纪七十年代，我家在西大街西口住，大西门附近是自己童年和少年最熟悉的一片天地，而过了环城西路，就是静静流淌的护城河。记忆中小时候见到的护城河，就是不太干净清亮的，但常看到有人在河里捞鱼虫，也常看到一些拾荒流浪者在河边洗手洗脸。在早晨，我到河边的小树林跟着老师学武术，也常能看到一两个爱好声乐的人对着雾蒙蒙的河水开嗓练声。到了上世纪八十年代初，因为经常沿河边上学下学，特别是曾在朱家园一段踩着河里的石头过河，所以夏天在河里涮涮脚，书包脏了在河边刷一刷，都是有过的事。

　　但是在这以后，我觉得有二十年不再亲近护城河，因为它不是不清，而是太浊，浊成流不动的泥沟，并散发出令人窒息的恶臭。当然护城河清理在这二十年也是经常看到的事，最多的就是部队士兵去河里清淤。但辛辛苦苦清理过后，河水照污如旧，原因是护城河的源头鸡距泉、一亩泉早就没水了，没有清水过来，而垃圾污水依旧灌入。

2009年国庆节前，来自西大洋水库的3000万立方米的清水，在奔腾70公里后流进保定市区，臭了多少年的护城河终于又变成了清水河。知道护城河里有了清水后的一个夜晚，我骑车路过西下关街的红卫桥，特意下车在桥边驻足。夜里的河水看不清颜色，但气味是清新的，而且水量很大，记得桥边当时还立了一面警示牌，意思是水深，河边观景的游人要注意安全。我站在河边，听着河水的流淌，看着那面警示牌，不知怎么心情就激动起来。而那些见过护城河更久历史和对护城河感情更深的我的父辈祖辈们，应该又有怎样的感触啊？

据了解，为真正使保定的河流还清，构成生态景观，保定市2008年10月启动实施了大水系工程。该工程总投资37.5亿元，主要由水源工程、雨污分流工程、景观工程、防洪堤综合整治工程组成，通过"两库(王快水库和西大洋水库)连通，西水东调，引水济市，穿府补淀"，形成西起王快水库，东至白洋淀，总长160多公里的绿色输水走廊。

在保定滨河公园有一处壁画，上述"鸡水环清"的字样是这样的："元代初年张柔在重建清苑郡城时曾作新渠，引鸡距泉一亩泉水入城。明代建文年，改保定之土城为砖城时，修筑护城河，引鸡距泉一亩泉水环绕古城。清澈河水与雄伟之保定古城构成鸡水环清胜景。"

老保定的水色之美今日又能得见，这真是：鸡水失流多少载，濯足不成何论缨；今逢盛世引沧浪，吾祝护城水常清。

合　欢

刘旭华（保定）

　　合欢，我说的是一种树，叫合欢树。落叶乔木，羽状的叶子，白天张开夜间合拢，花丝粉艳，也叫马缨花。就在不经意间，合欢花妖妖灼灼、似一朵朵红霞在翁郁的合欢树翡翠般的叶子间沁人心脾的美丽，芳香缭绕，在小城的道路上漫远。

　　而当年的小城是没有合欢树的，我居住的是简陋的房屋，道路也是不完整的；光秃秃的街道上是无精打采的人们。在时间的光影里，一个个伟大的调酒师，弹奏着一首"蓝色的爱"款款而来，小城就流行着这支曲子。这是从青山绿水间飞来的，如瀑布飞流而泻，流着，就流到小城的每一个角落，有着海水的蓝，有着江水的涛声。而一座座楼宇的窗下、一条条道路的两旁，合欢花的暗香涌动、五彩缤纷。

　　我在这里还要介绍一位这城市的调酒师，是我的同乡郑叔，小城公路的建设者，迎宾街、保清路、省道保衡路、小城北环公路都是郑叔的队伍开辟的，在最后一段公路即将完工时，他早已病入膏肓，为了在国庆节竣工向几十万父老交差，他不住院、不化疗，硬是在工地上坚持到最后，就再也没有站起来。每当我走在那平坦光洁的道路上，就好像看到郑叔的目光在合欢花的花瓣中若隐若现，与这个小城谈笑风生。小城的道路已经是四通八达，从这里出发上京深高速，就可以抵达远方。

　　合欢花开的浓烈季节，粉红的花朵沉浸在小城醇香的佳酿中。一种朦胧的烂漫之美又在迎宾街、在广场上徐徐降落。于是，就有了一种温馨和小城纠缠不休，在一片旖旎的夜色中，就有了锣鼓的喧响，有了音乐和舞蹈的轻曼，有了萨克斯的"春""回家"，于是，家乡的青稞、青纱帐就进入一个个音阶，没有休止符。我就想起了辛弃疾的词："东风夜放花千树，更吹落，星如雨。宝马雕车香满路。凤箫声动，玉壶光转，一夜鱼龙舞。"好一个花灯的夜晚，好一个浪漫的小城。从合欢树植入土地的时候，家园和小城的一草一木都仿佛与我们的生命一起生长。

时代就是潮水，去冲刷躲在背处的污泥和丑陋，让大地上没有垃圾污物，让小城成为花园百花斗艳；让花园成为小城的标志。如今，在小城和美的氛围里，合欢花的表情热烈又温柔，小城新崛起的高楼大厦、宽阔的道路都陷入和谐的温暖之中。对着夜色，站在高处就会看到一路路的灯光如江中星月，让人沉迷于交错流转而又膜拜。城市大变样，调酒师展开笑容，调出一杯杯甘甜的美酒，让你沉湎于合欢之中，那时，小城的每一条道路、每一扇窗子下都会长出秀挺的合欢树，开出合欢静美的弥香之花。

◎ 绿色环绕

老爸老妈逛新城

李颜忠（保定）

老爸老妈真的老了，一过七十，耳朵也背了，身体也肥胖难动了，眼睛也浑浊了，然而他们却格外关注保定的变化，隔三差五的，老两口就骑着电动三轮车逛逛保定新城。

东风路扩建了，七一路拓宽了，电谷立交桥架起了，老两口门儿清，不但经常到施工现场"视察"，兴之所至，还到三年大变样指挥处参观人家的图纸，问得那叫详细，看得那叫认真，还班门弄斧地发表一下个人见解，样子像总设计师，引来工作人员一片善意的微笑。

我们做儿女的常常劝他们说："瞧这炎天暑热的，别晒坏喽。"

老妈感叹说："再热还能赶上人家铺路修桥的热？我们再不多瞧瞧，眼错不见就不认得了，你们算是赶上了好日子喽！"

老爸老妈对老保定有特殊的感情，我很小的时候，老妈在清苑务农，老爸在石家庄工作，两地分居，老爸只在年终岁尾回家探亲一两次。后来不知谁给老妈出了个主意，只要有人愿意互调工作，老爸兴许就能调回保定，回家自然就方便许多，老妈于是连夜赶写小广告，第二天抱着我进了城，挨个往电线杆上刷广告，老妈抱着我，深一脚浅一脚地走呀贴呀，又累又饿，一不留神踩到一个没盖的下水井里，老妈手上腿上鲜血直流，那时，老妈第一次见识了保定的市容，道路狭窄逼仄，坑坑洼洼，老妈又累又气，索性坐在井边大哭起来，这叫啥破路呀，咋就没人惦记着修呢？

几年前，老妈重回保定，仿佛刘姥姥进了大观园，到处都是眼花缭乱的变化，当年

◎ 多彩的生活

贴广告的电线杆不见了，摔人的下水井不见了，新修的东风路、七一路，一马平川，明镜儿似的，比村里最大的打麦场都宽敞，电谷锦江国际酒店、香江好天地、新火车站都要扩建了，满眼看去，山秀了，水绿了，气清了，心畅了，街边到处是花园绿地，欢声笑语……

老妈的眼里突然溢满了眼泪，她还有两个儿女留在了清苑老家，享不了这样的福，去年回去一趟，看村里还是那么破旧，一些人都到村外盖新房，乱占耕地不说，村里几乎成了空心村，房倒屋塌，荒草齐腰，跟城市生活天悬地隔，多会儿农村人也能过上城里人的日子该多好呀！

我们看了新闻，告诉老妈，三年大变样是政府惠民的大手笔，需一步一步来，老家如今也属保定，在不久的将来，农村也一定会变起来，他们的日子并不比城里人差。听了这话，老妈浑浊的眼睛里又有了光泽："那敢情好，我和你老爸一定要锻炼好身体，等着那一天早点儿到来。"

新房子，旧房子

樊新旺（保定）

　　一座新房子和一座旧房子，凸建在这条公路的拐弯处。新房子的主人叫大顺，旧房子的主人叫老耿。老耿的旧房子开着"农家香"饭店，大顺的新房子经营种子和化肥。老耿和大顺都鬓染白霜，都把操心的事情交给儿子们来做。俩人闲来无事，就把鸟笼子挂在门前的槐树上，聆听着鸟鸣，坐在门前的石礅上，东拉西扯地看眼前的风景……

　　原先，老耿和大顺都觉得这条公路很宽，渐渐地，就觉得它越变越窄了。越变越窄的公路，还时常在他俩的眼前堵车，有时还发生不幸的车祸。于是，老耿和大顺就对着前面，望路兴叹。

　　老耿感慨："真是车多路瘦啦！"

　　大顺也感慨："是该加加宽了！"

　　在这种慢慢升起的感慨和盼望着，俩老人无奈地把日月向前推进着，他们静静地等待着、盼望着眼前的一切，来个"凤凰涅槃"……

　　一天中午，忽然有一辆奔驰轿车，在老耿的"农家香"门前停下，从车里下来的两个人，风度翩翩，吸引了老耿的眼神。那两个人走进饭店，老耿也跟进了饭店。老耿在一旁喝着茶水，看他们喝酒吃饭，听他们高谈阔论。看了半天，听了半天，老耿才弄清这俩人是来这座小城投资建厂的，才知道他们嫌眼前这条公路太窄，车流太多，货物难运……老耿知道了这些，那凤凰涅槃的欲望，在心底燃烧得就更加浓烈了。

　　春绿秋黄，终于等来了动静。那天，老耿和大顺坐在门前的石礅上，忽见两个人拿着红漆和刷子，在他们的新房子和旧房子上，都写上了拆字。他俩不由心动了，不由上前探问：是要拆房扩路吗？那两人都嗯嗯着，向他俩点头。

从这以后，他们就开始琢磨赔偿的价码上算不上算，他们就坐在石磴上，悄悄叨咕这房子是拆还是不拆。

老耿打探："大顺，每平方米才赔偿300元，你让他们拆吗？"

大顺说："这是县政府扩路，怎么不让呢？你呢？"

老耿说："你是新房子，我是旧房子，你要拆了我就拆。"

大顺说："你上边有人，不往上顶顶价儿？"

老耿说："要不，咱俩都摽着别拆，一块儿往上顶。"

大顺说："对，咱俩都摽着，一块儿往上顶。"

开始的时候，大顺也跟着老耿往上顶，但那肩膀慢慢就软了，没过多久，大顺那座新房子就被推倒了。面对大顺倒塌的新房子，老耿心里很不是滋味儿，于是，他开始惴惴不安；于是，他开始暗暗埋怨大顺：你咋就说话不算数了呢？你让我一个人，还怎么

◎ 保定西大街

顶？但老耿毕竟是老耿，他觉得给这点儿钱太少，越琢磨越觉着不划算。他觉得大顺的肩膀软，自己的肩膀硬。于是，他就横下决心，坚持着想再往上拱一拱。

他拱跑了一拨又一拨，谁也拿他没什么好法子了。他暗暗得意，有他大儿子当靠山，乡里县里的，谁敢硬拆？

不知是谁，把这事告诉了老耿的大儿子，老耿的大儿子就从市里给他打来了电话。老耿抓起话筒，听大儿子说："爸，咱房前那条路，真是太窄了。前一阵儿，我为咱县引来一个客商，想在咱东边的废地上建厂，可人家一考察，就嫌咱房前那条路难行。爸，人家县里搞三年大拆大变样，我听说，大顺叔的新房子早都拆了，你咋还硬顶着？"

老耿说："我不是不让拆，只是想多朝他们要些钱。"

老耿的大儿子说："爸，你咋钻开了死牛犄角？人家大顺的新房子，不比咱的旧房子值钱？你好生想想，你能超过那价儿吗？"

老耿说："倒也是，你容我想想再说。"

撂下电话，老耿就默默地想，想来想去，他想到了他的大儿子，想到他在市里，也在搞三年大拆大变样，人家规定了价儿，要都还像自己这样往高处顶，那他还怎么开展工作？

老耿心动了，他从石磴上站起来，走进饭店，抓起电话，给儿子说：

"我想通了——拆！"

老耿的旧房子终于轰然一声倒地了，随着筑路大军的日夜奋战，这条路加宽了许多，也种了树，也栽了花草。这时的老耿旧地重游，就想起了那个来他饭馆吃农家饭的商人，你上哪儿去了？这里道路加宽了，环境变美了，你再来这里看看吧……

老耿就这么胡思乱想着。有一天晚上，老耿打开电视看本县新闻，突然，他看到了那个商人，正和县长签订建厂协议呢。老耿一激动，猛拍了一下大腿：

"好！这回，我看你小子，还往哪儿跑！"

城市：消逝与诞生

曹杰（沧州）

　　曾经，那些低矮的平房、狭窄的街巷，在人们的视线中正慢慢淡去，取而代之的，是高耸的楼群，气派的场馆，如画的街景……

　　城市里的消逝与诞生，每一分钟都在同步上演；城市里的人，每一天都在陌生与熟悉之间无数次穿越；而城市，就在告别与迎接中生长。

　　冬天的狮城，干燥而寒冷。但那种现代的气息、那些新生的风景，依然会让每个人感到欣喜。三年大变样的洗礼，让这座滨海新城正在渤海岸边崛起，美丽宜居的新沧州正破茧重生。

生态狮城美如画

　　冬天的风透着清冷，每天上午，家住运河区大和庄附近的张大爷都和老伴到通翔杂技园、狮城公园逛上半天。"这里环境好，空气好，转转心里舒坦、豁亮。"老人由衷地感叹。

　　去年9月竣工开园的狮城公园，小桥流水，绿树掩映，置身其中，心旷神怡。从建成开园，这里每天游客络绎不绝，与体育馆、会展中心共同构成了沧州城市的新地标。而通翔杂技园，既展示了沧州杂技艺术的特有魅力，又兼具了游览和休闲功能。人民公园近年免费向市民开放，也成了狮城百姓休闲娱乐的好去处。难怪人们说，市区可以休闲游览的地方越来越多，我们的城市也越来越美了！

的确，徜徉运河两岸，漫步狮城街头，让人领略着沧州美丽与时尚变迁的生动气韵。每一个沧州市民都能真切地感受到，就在这短短三四年的时间，就在我们的身边，已是参天秀木挺立，碧草鲜花遍地。冠大荫浓的法桐树，四季常青的白皮松，繁花烂漫的碧桃、樱花和玉兰树，适时装点的花草，让古老的沧州因绿充满生机和活力。

"长高"的沧州更气派

从低矮的平房到五六层的楼房，再到二十几层的高层，狮城几经蜕变、华丽变身。沧州旧城村改造有序推进，一栋栋高楼仿佛雨后春笋般矗立起来；西部新城快速发展，高楼林立，格外抢眼，两座百米高的五星级酒店交相辉映，一簇簇二三十层的楼群气势磅礴，高标准的现代住宅赏心悦目，处处彰显着这座大运河畔古城的气派。

2008年，河北省委省政府提出的三年大变样，被我市提到了"改写沧州历史"的高度，以政府为主导的城市大变革如火如荼地展开。短短两年时间，沧州市区面貌发生了翻天覆地的变化。

2009年以来，我市对三十多个城中村和旧平房区进行了大规模改造，大季屯、大和庄等二十一个城中村，以及一中前街片区、火车站片区等十处旧城区，正陆续拆迁改造，旨在打造精品小区、方便居民生活。就拿市中心来说，近几年，新华中路商业区附近翻天覆地的变化曾让无数外地人感叹。随着报业大厦、上海广场、隆泰黄金大厦、国贸尚街等高层建筑的建成投用，也曾是沧州标志性建筑的渤海大厦等，早已被淹没在了"楼海"中。

大手笔打造"一场五馆"

走进新城区，如海鸥般"翱翔"的沧州体育馆格外抢眼，馆前宽敞的广场、南侧林清水美的狮城公园不时引来结伴闲游的人的赞叹。再过不久，沧州体育馆周围还将屹立起"一场五馆"，吸引更多宾客。所谓"一场五馆"，即沧州体育场、图书馆、博物馆、城乡规划馆、杂技馆和武术馆。这些场馆组成了新城的整体构架，更将狮城推向了现代都市的行列。

城市的发展需要积极向上的活力。近几年，随着我市经济和社会的快速发展，以及人们对健身、娱乐方面的不断需求，建设既能承办大型体育赛事又能供人们自娱自乐的专业

◎ 从我做起　金洁摄

场所，成为一种迫切的要求。我市大手笔地建设"一场五馆"，让人深刻感受到沧州经济和社会的快速发展。这一"靓丽名片"，将让整座城市再添韵味和辉煌。

<h2 style="text-align:center">大道通途车行无阻</h2>

吃过晚饭，家住金鼎领域小区的孙先生经常会开着他新买的轿车，带着一家人沿市区宽阔平整的道路去兜风。他自豪地说："咱们沧州市区道路的变化实在是太大了。特别是新修的上海路、北京路等，平坦宽敞，四通八达，开着车心情也舒畅呀！"

和孙先生的体会一样，每一个狮城市民对城市道路建设最大的感受就是，不经意间，就发现又有一条新路开通了。迎宾大道、开元大道、永安大道、鑫泰路……这些名字在逐渐被人们所熟知的同时，这些道路也日益繁华起来。

楼高了，路通了，树多了，沧州越来越有现代都市的味道了。沧州，这个千百年来被人误读为贫瘠与荒凉的地方，伴随着三年大变样的步伐，正绽露出一个沿海强市的娇美容颜。

乡村与城市的距离

王福利（沧州）

　　"你一会儿下楼去路边把东西拿回家，班车半个小时左右就到了。"放下母亲的电话，看着小区外公路上飞驰而过的车流，如飞逝而过的成长记忆，模糊在远方的悠悠牵挂里。

　　刚上班的时候，偏僻的小村，没有直达那个海边小镇的班车，每周一去上班，总是凌晨不到五点就起来，搭赶集的车去乡里坐班车。每次在星光满天中，母亲早已提前煮好了鸡蛋、收拾好了衣服——每次回家，母亲总是在临睡前一遍遍的提醒：你踏实地睡吧，不用担心起晚了，我明天早上叫你。尽管母亲这么说，我其实也是睡不踏实的，半睡半醒的深夜里，外屋里细碎的收拾衣物声音，总是伴着昏黄的灯光传进卧室，让无眠的夜更显漫长。

　　漫长而颠簸的旅途，寒冷而局促的客车，一年又一年的寒来暑往，终于盼到工作调到了县城，终于盼来了村里直通县城的班车，虽然客车的破门有时会在行驶中突然掉下来惊出乘客一身冷汗，但毕竟不用再厚着脸皮去公路上截赶集的车了。如今的母亲，依然早早地为我准备早餐、收拾行囊，但至少可以放心地眯一会儿了。虽然每星期回去上班依然还要起早，但我已很知足。一起挤在低狭空间里的那个小村的人们，更是满足。

　　村里的街道，越变越宽；乡间的公路，越来越平；原来已近报废的客车，也被暖气融融的"大轿子"所取代。虽然有时赶上人多也会没座，但就是站着，也比以前猫着腰站一个钟头舒服多了。交通状况的改善，不仅方便了我们上班族，也让越来越多的小村农民走出庄稼地，走向外面的世界。每个星期天，总是客车最拥挤的时候，而每次最拥挤的时候，母亲却还总是像以前那样为我收拾好大包小包的衣服、水果等。

最近几年，村里人的日子越过越好，坐车也越来越方便，村里不仅加开了一趟去县城的班车，还相继开通了直达沧州市区、天津市区等好几个城市的班车，人们再也不用在大冬天里起早了，即使是中午十二点，想出门的人也不用害怕等不到班车。每次回家，我的心里也少了许多歉疚，母亲终于结束了整夜无眠、晚睡早起的那一份劳累。看到日渐宽敞舒适的大型客车一直开到家门口，细心的母亲，又给我增加了一项新的"任务"——每次回家，总是提前从地里摘回几个大南瓜，要不就是装了一大袋子丝瓜，或者是两大兜新蒸的包子，每次归来，我总是肩扛手提着两三个大袋子、四五十斤的货物，还好是在老家的家门口上车、在县城的小区门口下车，虽然在上下车、上下楼时确实费了些力气，但与几年前相比，这样的方便，是从前绝对无法想象的。

看到班车司机的态度好，母亲又想到了更方便的办法：将地里结的瓜果蔬菜，以及她认为我们小两口有用的东西，直接放到班车上捎来。平坦的公路，飞驰的客车，让城市与乡村的距离越来越短，也让那一份最浓的亲情，仿佛时刻就在身边。

◎ 祥和气象　崔顺卿摄

李老汉住进了新民居

田秀娟（沧州）

　　"你说，这设计师想得还真周到啊！还给咱留了土炕呢，还能洗澡，还能用沼气，没想到老了老了，还能住上这么好的房呀！"河间市米各庄镇李庄的李老汉在自家的"燕赵新民居"样板房中，笑得合不拢嘴。

　　"那你当初还反对呢。"儿子在一旁瞅着老爷子乐。

　　"俺哪知道能建这么好的房子呀？要知道，俺也不反对。别提以前的事了。"李老汉在一旁不好意思地说。

　　这事还得从几年前说起。

　　李庄是个有600多年历史的老村子，村里大部分是老房子，街道窄，胡同多，机动车难以通行。村民没办法，都跑到村外建房子，村庄成了"空心村"。

　　2008年，李庄村被河北省委批准为"燕赵新民居"样板房工程示范村。按照规划，不仅村里的老房子得拆，村里的老坟也得迁走。

　　李老汉听到这消息时，正端着一碗玉米粥呼噜呼噜地喝。儿子说什么"燕赵新民居"他不感兴趣，但他听到了"扒李家老坟"这几个字时，愣了愣，"啪"一声，他把碗蹾在桌子上，撂下筷子，二话没说就往外走。老伴喊："老头子，你干什么去？""你别管！"说完头也不回地走了。

　　到了村党支部书记家，李老汉一顿臭骂："小兔崽子！你敢在老祖宗头上动土，你敢拆我的房，我跟你没完！"

　　书记不急不恼，拿出"燕赵新民居"设计图来，慢条斯理地讲："新民居节省土地，使用新型材料，保你住上一百年，冬天保暖，还实用，设计师连圈舍、放农用车的地方都考虑到了。""我不管什么新民居，谁要拆我家的房、挖我家的坟，我就不干！"

李老汉气呼呼地走了，一个晚上没睡好觉，一想到睡了半辈子的火炕要扒了，老祖宗的坟要挖走，他就气不打一处来。

第二天，他去找刘老头、孙老头商量，这两个老头在村里有威望，找他们去和书记说，别捣鼓什么新民居了，住得好好的，瞎折腾啥！没想到，刘老头和孙老头倒反过来给他做思想工作，说这是好事，积德的事，别拦着，咱不能让孩子说咱是个老糊涂。

李老汉心里窝火，看谁都不顺眼，到家就想发脾气。老伴说："你这个犟驴，你说，这是多好的事啊，你还反对，你也不看看，咱那街多窄，咱小子那车开不进来，天天风吹日晒，下雨天还得淋着，你不心疼啊，老糊涂！"

李老汉一想，也是，儿子花十几万买了车，胡同窄，车开不进来。这么一想，就不说啥了。

人们在村口，三个一群，五个一伙，都在谈论"燕赵新民居"，李老汉听见了，也不搭话，只顾往前走，有好事的人喊："李老头，你将来住楼上还是住楼下呀？""住你个头！"人群中传出一阵笑声。

建筑队来了。看着老房子拆了，坟迁了，路硬化了，路灯安上了，路旁栽上了各种花木，二层楼盖起来了，全国各地的人都来参观了，李老汉紧锁着的眉头展开了。

李老汉66岁生日这天，一家人喜迁新居，这就有了文中开头那一幕。

李老汉就是我的亲舅舅。

衡水赋

曹宝武（衡水）

漳河横流，衡水始生；北倚幽燕，南牵中原，田连阡陌，滏河贯穿。九州冀为首，燕赵怀要冲。坊说泽乡黑龙眷，九曲磁泉留恋情。

秦制一统，郡属巨鹿；自汉以降，区划屡迁。今之衡水，辖八县两市一区，多沿汉置并历代时增。京九石德喜交汇，东西南北尽通达。

煌煌衡水，控带燕齐，文化积淀，得天独厚。金缕玉衣有存片，仰韶半坡留痕踪。凭窦氏青山，东眺渤海，西望长安；观汉墓壁画，蒋侯坟冢，令人惊叹。有舍利、宝云、庆林寺，三塔巍峨耸立；南潭记碑、竹林寺碑，堪为群碑之佼佼。

悠悠衡水，人杰地灵；明贤俊彦，史不绝书。太后窦漪房，贤佐三朝，文景盛世，泽被汉武。儒学宗师董仲舒，攻书"三年不窥园"，独尊儒术百代传，开创道统两千年。博士毛苌，《诗经》传人，筑台讲诗传佳话，才子美名万世扬。东汉崔寔谱华章，《四民月令》集农技之大成。光武中兴成帝业，药王邳彤建殊勋，名彪云台廿八将。信都孙敬，天下名儒，"悬梁"苦读树楷模。博陵"三张"，闻名遐迩。非常道士释道安，"本无宗"佛教奠基。革旧布新冯太后，鲜卑入汉，千秋功业。草莽夏王窦建德，首举义旗，除暴安良。一代宿儒孔颖达，《五经正义》平纷争。唐高适一枝独秀，边塞诗浩然洋洋。李百药撰《北齐书》，二十四史列其名。名相李昉，身怀经天纬地才，四大类书有其三。左都御史马中锡，脍炙人口"中山狼"。古来圣贤何其多，挂一漏万苦笔拙。

嗟夫！晚近清衰，英夷启衅，风云变幻，华胄沉沦。衡水自古多义士，慷慨悲歌赴国难。大刀王五，侠肝义胆，助维新变法，悬首正阳存风骨。李大钊弓仲韬李锡九，马列火种起农村，台城星火竞燎原。六师学潮、高蠡暴动，猎猎赤风卷冀衡。爱国将领冯治安，抗日英名彪史册。气节模范温三郁，舞勺之年誓不屈。国际友人白求恩，大尹村里留身影。国之栋梁王任重，鞠躬尽瘁为人民。安平有个李银桥，领袖忠诚卫士长。百里平原青纱帐，衡水威震冀中南，晋冀鲁豫连成片，驱除倭寇得解放。三大战役炮声急，车轮滚滚支前忙，蒋家王朝如山倒，衡水大地换新装。

噫嘻！乾坤重排，百废待兴。劳动模范耿长锁，"组织起来"响五公。贫农办社天地宽，五亿农民方向明。海河得根治，千年水患除。改革春风漫神州，衡水经济获新生，市场经济来引导，城乡百业竞繁荣。

卓哉衡水，物华天宝。武强年画，刀法精绝。冀州古瓷，价值连城。深州黑陶，巧夺天工。金音乐器，享誉欧美。衡水三绝，如数家珍：内画烟壶，鬼斧神工；蒙恬造笔，侯店扬名；宫廷金鱼，异彩纷呈。工程橡胶，粮棉渔林，油气地热，物产颇丰。安

◎ 中国内画艺术之乡展览馆

平丝网，网络全球。大营皮毛，皇封裘都。深州蜜桃，贡品悠久。阜城鸭梨，中外驰名。百年世博万国情，老白干酒留芳踪。

壮哉衡水，郁郁习文。学子皆效苏秦刺骨、孙敬悬梁，千百年英贤辈出，继往圣绝学，开万世太平。今衡水学院，直隶六师熏学风，"守正出新"立校训，冀东南高教之嚆矢；衡水中学，素质教育结硕果，全国名校树标杆。

伟哉衡水，文脉传承。荷花淀派师孙犁，艺苑名旦荀慧生。书坛狂笔贾松阳，巨笔书法震宇寰。工艺大师王习三，冀派内画开新风。乡土诗人姚振函，平原呐喊擎大旗。《乡村记忆》朴其文，喜获"鲁奖"天下知。衡水人袭壮烈之风骨，三皇炮捶八卦掌，打花膀剽悍浑雄，形意拳刚柔相济，宋老迈武林显真能。

善哉衡水，道德广闻。"上校村官"王晓勋，解甲归田报桑梓。大爱无疆林秀贞，扶危济困三十载。"地球女儿"有赵鸿，衡湖环保献真心。仁医典范吴殿华，震讯桑榆请长缨，救死扶伤赴国难，杏林传递甲子情。富豪村官王文忠，京师长念故土情，芍药重艳花说爱，汶川玉树留影踪。

美哉衡水，钟灵毓秀。京畿明珠衡水湖，东亚天然蓝宝石。碧波秀丽，水草丰满，鹤鹭纷飞，渔舟唱晚，数十里烟波浩渺，乐忘返人间仙境。滏阳河千帆渔火，安济桥保水安民。今根治滏水，衡桥夜月，长虹卧波，指日可待。

幸哉！欣逢盛世春晖满。燕赵三年大变样，科学发展天地新。弘扬传统儒学，提升文化内涵。问渠哪得清如许，为有源头活水来。期余年，滨湖新城，突兀崛起。浩瀚衡湖，碧波万顷。水路通达，拥抱四海宾朋；风水衡存，海纳百川浪涌。冀州古地，定当傲岸冀南，名震华夏。

余本陇原游子，躬逢盛世，居此圣教之邦。爱其阗阗文脉，敦厚民风，追本溯源，歌赋如斯，以彰其实。

门前大桥下

吕乃华　李湛冰　王聪娜（衡水）

我爱衡水，更爱衡水的水。我相信，从漳河横流开始，我们溯滏阳河水而上，未来收获的就一定是光明、富庶与和谐。

上

在衡水市三年大变样的日子里，我总被日新月异的景观感动着。因而，我那写诗的激情，我那创作散文的快感，我那实施空间美术制作的冲动，就时常定格在一个个新近诞生的景观之间。而最最使我心灵受到震撼的还是滏阳河市区段综合治理工程取得的辉煌成就。

上世纪六十年代，滏阳河作为衡水人民的母亲河还风韵犹存。凡是生活在沿河两岸的人们，不但能领略码头、轮渡、火轮、汽笛的航运繁荣，还能享受到鱼虾肥美的水乡富饶；不但能欣赏岸边高粱红似火的秋色美景，还能置身在隆冬冰河接津卫的美好畅想之中。到了上世纪的七十年代后期，我们虽说看不到了往日滏阳河沿岸的繁忙景象，但我们仍然能站立在衡水的老桥头，抚摸着那些千姿百态的石狮，看着河中日渐浅显的水面，把眼神停留在鸭鹅的游戏之中，并期待着有朝一日，再见清清河水泛中流的水乡风光。然而不幸的是，时光到了上世纪的八十年代末，滏阳河沿岸，特别是上游沿岸的一部分新办企业，没有环保意识和长远发展观念，随意向滏阳河内大量排污，从此滏阳河水验证了一个最为浅显的道理——从量变到质变。滏阳河水臭了，臭到臭气熏天的地步，臭到两岸沿河村庄居民夏天不能开窗的地步，臭到河中水草枯死、生物灭绝的地步，臭到让历届政府官员每每提起就头痛的地步……

滏阳河在其以后的岁月里，也渐渐失去了衡水市民的宠爱，他们倾倒垃圾、排泄污水、堆放杂物、私搭乱建……从而使滏阳河水体水质达到了劣V类的严重污染程度。那座象征着衡水历史的五孔老桥不但变得老态龙钟，就连那桥孔都已被日积月累的垃圾填埋得只剩下了三孔——老桥在叹息，衡水的人民在叹息。

滏阳河与市区的关系疏远了，滏阳河与市民的关系冷淡了。人们再也无法领略"春江水暖鸭先知"的亲水意境，而只能看到浮着白沫的、泛着恶臭的、河床上裸露着腐枝败叶的、满脸愁容的滏阳河；人们再也不能临水漫步，尽享微风拂面的舒爽，而只能避开沟痕累累、杂草丛生、蚊蝇扑面的河床；人们再也没有机会远眺老桥，看桥面上赶集上市的人群，看桥下拱孔陈列、流水淙淙的美景……

人们，人们只能跟随着老人的回忆与叹息，在滏阳河昔日的辉煌里，把今天的滏阳河一遍遍地斥责，把美好的期待一次次从滏阳河历史的夹缝中拾起。

中

2009年2月26日，也是我国传统的二月初二龙抬头的日子。在市委、市政府以滏阳河为基础精心打造环城水系战略思想的指引下，滏阳河综合治理工程破土动工了。衡水市水务局作为该项工程的牵头单位，他们在局长杨宝达的带领下，组织精兵强将搞勘查、做测量、跑评审、求论证，在最短的时间内让工程顺利启动。

因着采访的需要，2010年的8月18日下午，我们与衡水市水务局的李虎主任和滏阳河工程指挥部的彭世亮主任在滏阳河的中华桥头相聚了。在他们如数家珍的叙述中，我对滏阳河市区段的综合治理工程有了详细的了解。

滏阳河综合治理工程分两期。前期为上起南外环桥南，下至大西头闸，长约13.75公里的市区段治理，主要工程涉及侯庄分流闸、河道清淤、堤防恢复、险工加固、河岸护砌、景观建设、排污治理、截污导污、堤岸绿化和管理设施等工程。后期则为南外环桥南规划边界至侯庄分流工程的综合改造，全长约7.0393公里，完工后形成与衡水湖相连接的水利风景带。

整治后的滏阳河主河槽，水深2.4～3.5米，景观水面一般宽60～120米，最宽处达500米。整个河道以"古河新韵、龙脉滏阳"为主题，全面实现文化浸润、格调承载、旷远引领的高品位覆盖。

......

如今我们站立在中华街大桥之上，宽阔的桥面与经过治理美化的横贯东西的滏阳河道形成壮丽的景观。汉白玉栏杆挺俊舒展，质如膏脂；平坦的桥面开阔通达，宛若平镜。沿滏阳河远眺，方格状的护堤砼砖以放射状无限延长，在阳光的照耀下形成曲展回环的景致，给人以神奇通幽的感觉。而镂空镶嵌的斜堤、近水林立的花岗岩护栏、低垂勾连的锚链，还有那延伸到桥下蜿蜒起伏、遥相呼应的堤顶通道，无不给人以前位、时尚、隽拔的感觉。停止展望，将目光放置在河边垂钓者或挽手逗留在堤岸的情侣身上，将目光放置在桥下乘凉的人群或桥上驻足观望的行人身上，将目光放置在因为割除河中水草而赤裸着身躯在岸边小憩的农民工身上，我们是否会从这空间的规范与视觉的舒适中联想到一个城市的品位与希望呢？我想大家一定会的，且不需要你的今昔比对和优劣参照。

滏阳河的市区段变了，也恰是在她一天天变美的过程中，我也看到了衡水市水务局人的微妙变化。那天在采访的过程中，因为大家同是衡水人，谈话随意而又融洽。当话题说到每个人的年龄时，我却遭遇了尴尬。那时李虎同志问我："你看我有多大？"我略加思量，并在已经认定的年龄基础上往下压低了三岁，说："38岁。"李虎有些不好意思："我35岁，和彭世亮一般大。"此时我是真的不好意思了，但换了让我猜彭世亮的年龄，我同样会也猜他有40多岁。据此我记起了杨宝达局长在介绍全体水务局干部时说过的话："自从滏阳河市区段综合治理工程开工后，全局的干部职工真的是'五加二''白加黑'地工作在一线，没有节假日、没有周末、没有上下班，凡是工程需要，不论是什么时间，大家都是随叫随到。人累瘦了，脸晒黑了，没有一个人发牢骚……"知道了这些，我再看李虎那张年龄显大的脸，其实都是因为长期户外工作"惹的祸"。而我透过李虎的面庞，再去对他揣度时，看其眉目之间的舒卷开合，绝对是渗透着一种只有参过军的人才能具备的干练和坚实。

下

从中华桥到干马桥，再到人民桥，我们目睹了滏阳河市区段综合治理的全貌，我们看到了河岸新姿与城市轮廓的完美吻合，我们领略了清清河水与高楼倒影的意象裁剪。站立在"滏阳河市区段综合治理工程"的大型展示牌前，我思忖良久。往日曾让市民深恶痛绝的臭水沟、垃圾场，在经过全市人民共同努力之后，如今已出脱成一条雄踞在市区大地上的巨龙。正是在这条巨龙的拉动之下，滏阳河沿线还将诞生萧何广场、滏阳生态文化公园、文化走廊、桃花潭、龙眼公园、大禹广场等一批文化内涵丰厚、空间景观别致的休闲娱乐场所。衡水因为水而美就将成为现实。

再次返回中华桥头，饱览着衡水这从未有过的都市风光，看着骄阳下信步走在坡岸的市民，我已由衷地感受到了他们对眼前美景的无限热爱；看着那些牵着妈妈的手在河边欢快跳跃的孩子，我想到了一首往日的歌谣："门前大桥下，游过一群鸭，快来快来数一数，二四六七八。"是啊，曾经一度把门前有条清水河视作奢望的衡水市民，终于在今天拥有了属于自己的、碧水悠悠的河湾。而这河湾之美，将迎合着这个社会与这个时代共同走向更加美好的愿景。

滏阳河，我深深的记忆

胡业昌（衡水）

2009年9月的一天，市拆迁办的工作人员来到我家，告诉我："为了彻底治理滏阳河，让滏阳河水还清，你们这一片要拆迁。"我立马回答："好，这是事关衡水全面建设的大事，我不但要带头拆迁，还要做好附近人们的工作。"我很快搬完了东西，把大门的钥匙交给了拆迁办。

2009年10月16日，我很用心地站在老石桥上，近距离地看着拆迁工人把老石桥东头、阜丰街北端，我住了几十年的平房小院拆掉铲平了。当推土机轰鸣着伸着长长的臂膀使劲顶住院墙并推倒的一刹那，我的思绪随着那股飞腾起来的灰白色的有些呛人的烟尘被拉得很远很长。

我的祖上在河南周口，我的出生地在陕西华山，我在这两个地方生活的时间都很短。相比之下我和衡水的缘分，和滏阳河的缘分，和老石桥的缘分真的要深厚得多。

事情还得从上个世纪60年代中期说起。那时，我20刚出头，正是找对象、谈婚论嫁的年纪，此时，我正在《河北日报》当编辑，优越的工作给我找对象和选择"安家"的地方提供了较大的范围。对象确定在哪里，我这个一直在路上漂泊的人就要在哪里"落脚"了。我想了很多，北京、天津、石家庄、郑州、西安，这些地方我都有条件去，而且北京、天津、石家庄又都是我工作过的地方。但大城市人太多，那种人声鼎沸的场面让我这个在农村长大的人无法适应。去哪里安家呢？利用工作的机会，我把河北的城市都转了一遍，最后确定在衡水安家。因为衡水离北京、天津很近，能在必要时满足我对信息、文化氛围的需要，而且交通方便，南下北上可随时行动。并且在很大程度上守

◎ 翡翠般的衡水湖　康同跃摄

住了我的"乡村情结"。在我的衡水朋友张根远（曾任衡水地委宣传部副部长）、蒋清泉（曾任《衡水日报》社长、总编）等一帮朋友的劝导、哄闹声中，我在衡水找好了对象。在衡水安家住在哪里呢？我又在衡水转了好几遍，最后，看上了紧挨老石桥的一处房子。

1970年7月1日，我结婚了，就在老石桥东头的一个小院里安了家。从此我就和滏阳河、老石桥天天见面，年年相伴。夜深人静时，我读书有些累了，就会走出小院，站在老石桥中央，面对月亮遥想天上的故事。在伸手不见五指的黑夜里，我会依在桥栏杆石头狮子的身旁，倾听河水啾啾的低语声。来了朋友，我会拉着他们走上桥头，给他们讲老石桥的传说。那时候，河里还常有小汽艇和运货物的船儿驶过，如果是夜间，那船上的灯火闪闪烁烁，很显得有些神秘，且很富诗情画意。夏天，衡水的天气是很热的，那年头，还没有空调，好一点的人家也多是安装的吊扇，机关里的落地扇是普通人家非常向往的东西。每天午饭或晚饭后，我一转身就跳进了滏阳河水中，河水很清爽，鱼儿一群群从身边滑过，拳头大的螃蟹在河边时常可以看到。多少个炎热的夏天，我都是在河水中欢笑着度过的，清凉的滏阳河水，让我终生难忘。可能是上个世纪80年代中上期，不知从哪一天开始，河水慢慢变得少了，只剩河中间很少的一小点水在流动。就是这样，每年夏天最热的时候，我还会在桥洞下铺一张席子，躺在那里美美睡上一觉。那种凉爽的享受，是今天的空调屋怎么也无法相比的。

又过了几年，是从哪年哪月开始，无法说得清，滏阳河水慢慢变黑了，而且越来越臭，河坡上成了人们倾倒垃圾的场地，在夏天，人们都要掩鼻从桥上走过。一次，饰演周恩来总理的特型演员王铁成来衡水演出，要我带他去看看老石桥，我不得不婉言谢绝了。后来，我再也没敢领外地朋友去看过。还有一次，衡水组织文艺汇演，一个演员在台上唱"清凌凌的滏阳河"，我听着心里非常难受，当即向在场的地委领导提出："在滏阳河还清之前，再也不要这么唱了。"

滏阳河，衡水的母亲河。因为有了滏阳河，才有了老石桥。因为有了滏阳河，有了老石桥，才有了河两岸的各种码头和南来北往的人群。由此，才有了后来的衡水镇，衡水县，衡水市。衡水要发展，必须还滏阳河之美，给招商引资创造一个完美的市区环境。

多年里，衡水人民都翘首以待，希望母亲河早日还清还美。衡水的几任领导都曾为此讲过话，登过报，要治理滏阳河。但都因种种原因，没有使之落到实处。时间进入公元2009年，衡水市委、市政府治理滏阳河的决心和行动让全市人民振奋。那么多推土机、掘土机轰鸣着在清理河底，修整河坡。不久，河两岸的水泥路面一段段修通了。整齐的梯式河坡一段段铺上了水泥板面，栽上了树木。两边靠水的地方，安装了漂亮的护卫栏杆。在河身的市区段，又架起了几座新的桥梁。如今，虽然整个治理和还清工程还没有竣工，但多数衡水人都已在这里留下了寻美的足迹。

滏阳河，将会给我们留下更加美好的记忆，将会成为衡水一道最为亮丽的风景！

夕暮箫声船儿归

刘县生（衡水）

一个夏日的傍晚。

我与外省的两位文友，在参加了石家庄的一个文学活动以后，紧赶慢赶终于在天黑以前，赶到了他们向往已久的衡水湖。

"好壮观、好美丽，诗情画意扑面来吆！"山东临清的女诗人夏玉洁刚下汽车，就挥舞着手中的遮阳帽，满含激情地呼喊起来。

此时，衡水湖上，一轮夕阳犹如小巧玲珑的金色圆镜，恬静、安逸地镶嵌在西边半天空。它弥漫的一团团热烈的光晕，与周围淡雅的云的汪洋，形成了一幅巧夺天工、惟妙惟肖的中国水墨丹青画：一片儿赤色的云拱卫着夕阳，然后激情四射地在深邃、广袤的空间里，仿佛红色的波涛一样，汹涌澎湃地向外一次、一次地延伸、扩张……它们与那些墨色、浅蓝色纠结在一起，创造出了画家们永远不会点乩出来的奇景异画；天际，烟黛浮空，悠悠疏影，原野、渔村、长堤、人家、隐隐约约的车辆、行人，都笼在一片铅灰色的茫茫雾霭里了……

"上船！"山西省著名散文评论家，剃了光头的大胖子任木子先生已经坐在小船上了。

是一艘木船。

摇桨的女子三十四五岁的样子，穿一件粉底染了碎蓝花的半袖衫。肤色不算白，但她身上洋溢的正是湖区女子特有的那种健康与美丽。

她还会唱歌。

夏玉洁说，姐儿，你的歌儿真好听！

女子说，俺还得过奖呢。衡水湖才开发那会儿，市里搞演唱比赛，俺是湖区第二名。顿了顿，她又接着说，其实俺应该是第一名，就因为吹竹箫，才影响了综合评分。

"你还会吹箫？"

"千年笛子万年笙，吹箫起个大五更。"女子咯咯笑着，说，"凡参加比赛的，除去唱一首歌儿，还要表演一样乐器。我跟我爷爷学吹箫13年，当然表演吹箫了。我爷爷可是老把式，吹铜箫的。可有名儿啦。"顿了顿，她又说，"可是评委预备的是竹箫，我就吃亏了。"

一只灰色的大鸟在远方戏水，"呼"地一声飞起来。

落日印在了小岛西边的水里。云蒸霞蔚的天边，倒映了一个暮色苍茫的夏日幻境。微风起来了，芦苇与荷莲们，仿佛在与那些不慎跌落湖里的云儿们嬉戏、玩耍。一圈儿一圈儿的粼粼涟漪，携着碎儿碎儿的霞，飘起来，荡过去，悠悠的，似乎像玩着潇洒，玩着浪漫，也似乎在演示那使人惬意活泼的韵律美操！吆，这不正是娄树华《渔舟唱晚》里的景色吗？是，就是的。此时此刻我所见到的，正是那江南水乡、夕阳西下、渔舟归航、歌声四起的动人画面！不经意间，好像那优美、典雅的古筝独奏，也在耳畔舒缓、端庄地响起来了，哦，衡水湖，"夕阳碧波映，万顷天籁声"，你真得使人心旷神怡、风景沉醉呦！

"为什么在旷野似的冀东南，会有这么一泓碧水呢？原因是天上的仙女们，不小心把心爱的珍珠撒落到人间来了！"散文评论家的语言，总是带给人们一份无限美好的憧憬与向往，"皎洁沈泉水，荧煌照乘珠，就是此景！"

远处，有渔民在打捞水草。一艘机帆船的船头，已经装满了碧绿的蒲叶。一个赤膊的小伙子，裤脚高挽，光着脚板，戴着一顶像笆箩一样的遮阳帽，坐在蒲叶垛上，手托下颌，神态安定，悠闲地望着远方。做什么呢？是在歇息，还是在想什么？

"一定是在想心上的人。"夏玉洁笑着，悄悄地说。就对着他摄影。

箫声响起来。

是摇桨的女子在吹。

一管外观很漂亮、闪着幽光的铜箫。没有丝毫焊接的痕迹。箫顶体现的也是那种民族乐器圆润爽滑的自然美，吹口还略略外翻，有一点点坡度，一看就知道是一件做工极其上乘的艺术精品。

女子吹的竟然是《二泉映月》！细微的金属音亮丽而不单薄，悠扬之中当然还夹带着那一丝丝的幽怨。说实话，就我等的音乐艺术鉴赏水准来说，感到这铜箫与二胡相比，还确确实实是有过之而无不及，不信？听听，竟然还有一些愉悦的情怀，萦绕在曲调里呢。

任木子就微笑着扳过桨，左一下右一下地替那女子摇。

瞎子阿炳创作于上世纪50年代的这首凄婉的二胡乐曲，在此时此地的铜管里，竟然营造出了"喜庆"的氛围！这真应了季羡林先生所说的那句话，民族的东西都是可以相容与发展的。而恰恰使我感到美妙的是，今天我所遇到的这种融合、这种发展，或者说这种脱胎换骨地焕发，竟然在我的家乡——衡水湖上，栩栩如生地上演了！

"知道为什么《二泉映月》也能使人感受到喜乐的原因吧？"女诗人动情地说，"因为国家进步了，社会和谐了，人们有了稳定幸福的生活，所以凄婉的乐曲，就被赋予了新的生命，新的内涵，人们也就有了新的喜乐的体会！这就是艺术的再现功能。"

哦，一千个人读《哈姆雷特》，就会有一千个哈姆雷特。

码头上。残映着一抹淡淡的夕阳的光亮。垂柳们柔软的枝条在缓缓地飘。北边天际，一群归巢的鸟儿在飞。近在咫尺的桃花岛上，渔家屋里的炊烟也袅袅地升起来了。一阵食蔬的馨香伴着微风轻轻地飘漾过来。

散文评论家说，姐，咱回吧。你继续吹箫。

女人就点点头。

船就向码头的方向缓缓地去。

女人坐在船舱的一个小木凳上，两手平端着铜箫，嘘口气，抵在下唇边。眼微眯。片刻，只听她深吸了一口气，那利透尘埃、鸣然而起的箫音就嘹亮起来。

水是平静的。船在缓缓地行。桨划出的圆轮，仿佛也怕惊扰了什么，悄悄地慢慢地漾开去，漾开去……

箫音在水上。一会儿宛如闺中女子之依依呀呀，一会儿犹如大珠小珠落玉盘，一会儿似优伶酣香入梦，一会儿又仿佛是车马冰河纵奔突。弄玉戏水？秦楼余音？好像都有那么一点点吧。

一方酒店的招牌，在夕阳的余光里闪。哦，不知不觉间，小船已然靠上了码头。

家乡在腾飞（三章）

可风（衡水）

腾 飞

是雄鹰，就会迎着风，亮出傲骨。

一座山，接连一座山，山山相连，险峻巍峨。

做一个有梦想的人，做一只展翅的雄鹰，把脚下的路背在身上，把疾病和疼痛嚼碎了咽进肚里。

远方的远不是远，远方的远不是距离，远方的远摒弃了波涛汹涌的虚幻，复归于零。

在空中换一个姿势，身下正是繁华的都市。

家乡的巨变

房子越盖越高了，在夜晚伸出手就可以随意摘天上的星星了。

道路越来越宽了，撒娇的牛羊可以并排在一起像山一样滚动前进了。

田野里的庄稼静悄悄的，热乎乎的，手拉着手，籽粒饱满，竞相成熟。

那些原始的工具都成了标本，在课堂上供学生们学习。镰刀和斧头走下旗帜，在记忆里沿着红歌一路走，一路欢唱。

◎ 怡水风景　张二合摄

炊烟像是绳索或鞭子，在历史的天空下，变得粗糙而沉重。

农村和城市已经没有了界限，彼此交融，彼此不分你我，更像是一对孪生的兄弟，彼此隔着月色。

富　裕

兜里有钱了，还不是真正的富裕。脑袋瓜子里有点墨水了，才能描绘秋天绚烂的蓝图。

风永远不会累，吹拂着就永远是新生。

雨来自遥远，落下来，就会在贫瘠的土地上爱一场，真实活一次。

父辈们吃尽了没有文化的苦，就算是砸锅卖铁也要让子孙们进学堂学点知识，学得一技之长闯荡大江南北。

整个民族的富裕，整个民族的强大才是最完整的，最有希望的，最值得信赖的。

时间已经证明了一切，时间的躯体洁净而朴素，时间的火焰将贫困彻底埋葬。

小村官喜看家乡大变化

范玉明（邢台）

我是一名80后女孩，2009年6月份大学毕业，刚刚走出校门的我，和同学们一样向往繁华的都市，憧憬惬意的生活。可是，想在城市立足远非想象中那样简单。笔试的落马、面试的失利，在数次失败的应聘之后，我抱着试试的心态报考了2009年河北省大学生村官选聘考试，很意外地成为一名大学生村官，被分到了邢台市广宗县，一个国家级重点贫困县——那个生我养我的地方。就这样我很不情愿地回到了自己的家乡，做起了土沟沟里的小村官。

刚到村里的日子很不适应，工作和生活的条件都很有限，就业的落差顿时让我很沮丧。日子一天天挨过，我开始逐步了解自己的任职村，逐步熟悉村里的乡亲们。渐渐地，我发现其实一切并非我想象中的样子。领导的重视和宽容，群众的信任和托付，让我感动；家乡经济的快速发展，城市建设的焕然一新，让我惊喜；悠久的文化精粹，多彩的精神文明建设，让我振奋。于是，我开始重新审视自己这个所谓"贫困的家乡"，感受到了她在大变样中的华丽转身。

镜头一：家门口也有自己的公园了

记得我还是个孩子的时候，每次随父母去邢台市最大的心愿就是能花上两块钱进公园转一圈，那时公园里能玩的东西很少，能到处转转已经开心极了。于是，儿时的我总盼着有一天县城里也能有公园。

过了好多年，我读大学了。有一天，爸爸告诉我："县里要建公园了，而且正好就在咱家附近。"我听了很激动，然后发现身边的朋友们都和我一样的反应，于是期待着属于广宗人自己的公园。公园动工以后，每天下班的时间总有不少的人在建设工地上转转看看，爸爸就是其中之一。他每次回来都会给我讲公园的建设进度："今天公园打地基"，"今天公园拉砖了"……这是县里的第一个公园，每一个广宗人都很关心。因为广宗素来以沙丘著称，所以这个公园取名沙丘苑。

在随后几年时间的里，广宗县先后建成了水上公园、四羊方尊公园、栖凤苑公园、和平公园等多处公园。广宗人有了属于自己的休闲娱乐场所，业余生活变得丰富了，生活质量也提高了。

镜头二：街道变平、变宽、变漂亮了

来过广宗的人都知道，这里最繁华的地段就是府前街了。可谁又能想象几年前它的样子呢？

翻翻过去发黄的老照片，家乡的变化了然于心。也许广宗仍然赶不上其他发达的县市，但是广宗在发展，而且在快速发展，每一个广宗人也在这种快速发展中切实得到了实惠。

镜头三：城里村里，楼上楼下

以前总羡慕城市的居民楼，不仅水、电、气方便，还总能过上"暖冬"。毕业返乡后，我惊奇地发现，广宗的房地产在三年大变样中迅速发展起来，放眼望去，城里早有数个居民小区。

不仅如此，农村也搞起了新民居建设试点。村里老百姓也可以告别平房矮屋，住上有暖气、有电话、有冲水厕所的二层楼了。比如我们县的南塘疃村，规划出了七纵十四横的街道框架格局，选定了两层别墅楼的建筑模式，总计200幢占地317亩，比原来规划同等宅基节约耕地880亩。整个过程统一采料、统一建设、村民监督建房，不仅为老百姓改善了生活环境，使村民由旧房换新房，由平房搬楼房，由分散居住变集中居住，还为村民省下了不少钱。同时，也腾出了大片的土地，造福了集体和国家。截至目前，该村第一批42户村民已经全部入住。

镜头四：水果蔬菜全进棚，养鸡养鸭齐发家

读大学时，很多人都问我："为什么你家那儿的高考考生能额外加分呢？"我总笑一笑告诉他们："因为是全国重点贫困县。"其实说这些话，心里很不是滋味，自己的家乡穷啊！

但近年来，我县农业产业结构调整和产业化进程明显加快，有效促进了农业增效、农民增收。在种植业上，全县蔬菜大棚达到5000多个，露地蔬菜面积达到5.2万亩。葡萄、芦笋、西瓜等特色种植稳步发展，达到3万亩，农业种养结构进一步优化。在养殖业上，肉鸡、肉鸭养殖基地初具规模，全县肉鸭月出栏达到50多万只。

担任村官的一年时间里，我细数着家乡的种种变化，对广宗的现状和未来有了新的认识，对自己的现状和未来有了新的规划。2010年，我通过河北省公务员考试，考取了家乡基层公务员。在未来的日子里，我将深深地扎根脚下的这片热土，与28万勤劳可爱的广宗人民一道，将家乡的明天建设得更加美好！

老杨的春天

夏现兴（邢台）

老杨，冀南平原大地上一个国家级贫困县的普通农民。

那片农村的土地里不能种粮，那是一块漏斗地多少水都渗透得下去，作为农村那是个一文不值的地方。村里只能种些果树，果树行情不稳，难以管理，总是在刨了种、种了刨、刨来刨去日复日，种来种去年复年。老杨和他的乡亲们也经历了许多类似"要想富种果树，种了果树才知没销路"的尴尬境地。几十年来，老杨一直生活在那个被黄沙土包围的村庄，黄沙埋没了老杨爱好文学喜欢艺术的愿望，他充满梦想却历经风雨坎坷。如果是城里人也应该到了快退休的年龄了，而如今却相反，早年间的梦想真的即将化作泡沫随风而去掩藏在记忆的深处了。

一个农民被逼无奈去经商了，说是经商不如说是卖体力，他没有想赚大钱，养家而已，但这点愿望也没让他实现，赔了。转眼间两个儿子都已经长大，要盖房，要娶媳妇，可愁坏了老杨。腰包里比脸还光，东凑西借房子起来了，儿媳妇进了家，可那欠账什么时候还？一天天闷着头，算来算去没有了出头日。临近年关老杨却病了，从县城到省城，从省城到京城，医生们都说这病治不了，为啥？那是心病呀。

回到家里听到了一个消息，老杨的村子已经列入了县城的发展规划。这里一片片的沙疙瘩就要成为商贸区、开发区，原来泥泞的乡村小路就要成为县里最宽的街道和公路。老杨揉了揉双眼，从床上跳了下来，真的吗？真的，真的。"说了十几年了我们村也能发展成县城，这次动真的了，如果再等几年，我这一辈子可真就没戏了。"老杨高兴地自言自语。

◎ 水天一色

　　"同样的东西用在不同的地方就会发挥不同的作用。"老杨和乡亲们的土地折了价成了商业用地，那玩意不用浇水。乡亲们能拿现金也能换成房子，算了算账，原来几乎分文不值的地却换回了一辈子也挣不来的钱。老杨激劝了："我要换套房子，还是两层的，楼上楼下，吃饭也要打电话的那种。"从小在书上念的，烙进了骨子里。

　　转眼间大车小辆地汇聚到这里，三天一条路，五天一栋楼，把这里的村民看得眼花缭乱。选房的时候老杨第一个来到现场，不但有住的还有临街的门市，以后还能当上房东，不用种地也能挣大钱。有人说，老杨不是病了吗？老杨底气十足："好了，好了，现在好了。"

　　做梦一样，年前还是病人而且无药可治，现在底气十足了，就像家门口的变化焕然一新；年前还是外债累累，现在开着自家的小汽车登门还债表示感谢；年前儿子还在外地离乡背井打工，年后就盘算着在自家的门市干点生意，当老板。

　　年前，年后。那何止是年，那是人生的一个坎，跨过了这道坎，就是春天。几十年挣扎、拼搏都没有变，今天不知不觉间已经被变了，三年大变样变的是梦想成真。"如果有一天我悄然离去，请把我埋在这春天里……"老杨开着车，拉着心爱的二胡，嘴里哼着这首《春天里》。

秧歌队"定居"记

朱凤博（邢台）

　　"响起音乐打起鼓，扭起秧歌精神足；三年变样游园起，一改过去尽飘零；如今住进新场地，彩扇翩翩气象新。"这首小唱段儿道出了南宫市"夕阳红"老年秧歌队队长李玉芬大妈的肺腑之言。

　　去年，李大妈退休后，组织二十三个老姐妹成立了"夕阳红"秧歌队。二十多位老人，手舞彩扇，身着新衣，和着动人的乐点，尽情起舞，个个都精神抖擞，喜笑颜开。可是好景不长，过了没多久，小区有人就反映噪音太大，严重影响了大家休息。"看来我们不能再在这里跳了，可是去哪里呢？"李大妈忧心忡忡。秧歌队不扭了，小区恢复了往日的平静。可队里的老人却一筹莫展，扭秧歌时的那股精神头儿也不见了。这期间，她们租过场地，可这样一来，本来跳舞是健身的好事，现在却成了一种负担，变味儿了。也曾在超市前边扭过，可人家老板说顾客的车辆没处停，影响生意。

　　正在犯愁时，居委会王主任给她们送去了好消息，为了配合城镇面貌三年大变样，街道要马上建一个街头游园，一两个月就能完工。到时你们去那里可以尽情地跳，再也不会有人撵了。李大妈紧锁的眉头终于舒展开了，立刻召集队员们，查资料、找歌曲、设计动作，准备编一套新的秧歌舞。很快，秧歌舞诞生了，秧歌队也顺利地在新游园里"定居"了。

　　每当晨曦初现或夕阳西下，这支精神焕发的"夕阳红"秧歌队就会在这里翩翩起舞，队员也发展到八十多人。她们扭出了晚年的幸福生活，扭出了新城市新气象。现在，一个个街头游园成了老年人的"欢乐窝"，除了扭秧歌，还有练太极拳的、抖空竹的、舞剑的、下棋的，一派其乐融融的景象。"现在我们秧歌队在市里已经小有名气了，这都是三年大变样的功劳，是她给我们送来了幸福的晚年生活！"

新邯郸记

王振军（邯郸）

　　古城邯郸，吾之家乡。欣逢盛世，繁旺荣昌。三载大建，巨变辉煌。千年赵都，今谱华章。

　　观城区面貌，日新月异。华厦凌云，高楼栉比，路在林荫，车行画里。广场星罗，四季草常青；游园棋布，三时花开盛。滏阳丛台鸟语柳岸，龙湖赵苑鱼戏荷间。退污还清，绿水穿城碧波荡；节能减排，红瓦蓝天清风扬。赵王城蝶变遗址园，五仓区绽放新华庭。城乡一体化，市县无异同。双虹纵跨梦湖南湖，中华街连磁州永年；一桥飞架沁河渚河，人民路接肥乡武安。新建景观，市民期待，文艺中心美玉置城台，丛台广场喷泉舞天外。夜景亮化，火树银花，华灯与新月齐辉，霓虹映繁星如霞。

　　行四省通衢，交通捷便。铁路公路互联，国道省道相牵。航空腾飞添翼，动车风驰加鞭。青兰横通至河西胶东，高铁纵贯达塞北江南。客运四通城乡近，公交八达街巷穿。

　　数百业兴隆，蓬勃丰登。区域中心，物流亨通。国企新生，民营飞腾。旅游业兴，跻身名城。技术提升，创新无穷。海关架金桥，外资助鹏程。会展中心开国际博览，开发新区纳世界精英。农林生产标准化，牧副加工一条龙。

　　览公共事业，高歌猛进。集中供热，千家日日暖如春；燃气入室，万户餐餐无烟尘。水源保护，为有天天清泉饮；电网改造，但使夜夜明灯锦。

　　欣教育为本，树人为重。义务教育九年普及，均衡布局百校联盟。高校整合上规模，学府改建展新容。职业培训多元化，专门人才高水平。

　　品百姓生活，和谐美满。旧庄变社区，陋巷换新颜。昔日城中村，今朝街心苑。廉租住房济困，合作医疗助难。网络宽带家家通，移动手机人人用。酒楼食肆比肩，喜品东西南北味；卖场商厦林立，乐购春夏秋冬衣。假日旅行远观九州风情，周末休闲近赏四郊美景。

喜文化艺术，硕果纷呈。精品创作，层出不穷。本是华夏成语乡，又获中国散文城。平调落子传唱魔幻《黄粱梦》，《太极传奇》演绎神韵广府城。陈跛子漫画力捧金猴，马新民辞赋折桂北京；贾向国丹青独树一帜，李春雷文坛屡获殊荣。联谊会光大太极武魂，文化节彰显女娲精神。

感桑梓巨变，民生有幸。顺天之时，应地之利，谐人之和，复城之兴。俱往昔，承毛公殷殷深情。忆昨天，聆小平切切叮咛。看今夕，正古城蒸蒸日盛。望明朝，振邯郸赫赫伟名。

◎ 中华路南延支漳河大桥

安居赋

马新民（邯郸）

庚寅仲夏，夏韵丰美。安居十五华诞，盛世庆典在即。乐业寒士，油然生情。放飞思想颂国策，满怀喜悦赋安居。

美哉！把酒临风，骋怀放眼。琼楼玉阁相伴，古城新貌争辉。宜居家园，风格迥异。天蓝蓝，水清清；人欢笑，百鸟鸣。莺飞草长，树绿花红。开门是大家，邻里和睦，其乐融融；进门是小家，舒心安逸，其情盈盈。宅男宅女乐哉，御宅御世怡情。文化多彩，楼邻绿树笑迎客；社区和谐，门通幽径沁芳菲。挽臂恩爱，杨柳缠绵。晨练歌舞起，人若公园游。居家恬静，居者悠然。李白仙步赋歌，罗敷浣纱赞叹。陶公至此，不思桃源。不输北美，堪比西欧。何其然也？物业服务支撑安居房产，安居房产铸就安居品牌。品牌住宅，体现尊严生活；尊严生活，书写诗意人生。

壮哉！邯郸安居，德政惠民。开发事业，建筑人生，九五年秋起宏图，百千人马拓安居。一元崛起，开赵都安居工程之先河；三广兀立，绘邯郸滏东新区之佳境。政通人和，经济房解困；家和业兴，公务员受益。绿树林枫，提高铁西住宅品味；龙山庭院，改善老区住宅环境。义商国际，打造两站标志建筑；服装产业，推动一方经济增长。学生公寓促进高校后勤社会化改革，广平园区带动偏远农村产业化扶贫。一业为主绘愿景，多元发展广坦途。东城首府，半月拆迁创纪录；旧城改造，五年规划谱华章。与时俱进，为民祈福。安居乐业，民稳国安。

喜哉！保民率先垂范，安居渐入佳境。埋头做，汗水与沙石凝聚；抬眼望，事业共责任并存。国家政策，政府决策，企业运作；福祉百姓，责任社会，品牌铸就。三百万

◎ 快乐童年　董彦斌摄

平结硕果，十万百姓得安居。住房解困，市民灿然。房市激活，经济繁荣。物业管理示范住宅，中国人居环境范例。

变矣！遥想当年，蜗居棚户。四世同堂，厨卫不便。打地铺，架子床；窗帘遮，愧难当。有其屋兮忧其屋！安居工程，圆吾梦想。一家三口，广厦宽敞。厅堂阔，卧室畅；观景台，望远方。有其屋兮优其屋！

崇和尚安，中华懿范。和谐社会，科学发展。筑居起室，有巢万年。劳者可业，居者有屋。开天辟地之功，革故鼎新之乐。居安思危，居民需求我服务；登高望远，群众方便我发展。

噫嘻！人生百岁寿长，如梦苦短。企业十五龄短，德泽绵长。

楼宇变幻，安居流芳。

游走于邯郸的活色生香

梅雪霏（邯郸）

    米兰·昆德拉说生活在别处。我喜欢生活在别处，面朝大海，春暖花开，更喜爱从小生活的地方，常常在城市的街头随心所欲，闲庭信步，漫游在邯郸的城市之间，游走在邯郸的活色生香里。

    邯郸的夜色是娇媚的，霓虹闪烁，旖旎魅惑，东风劲放花千树，火树银花不夜天。亮化工程后以新世纪广场为轴心，中华大街和人民路上淡天一片琉璃，皓色千里澄辉，鳞次栉比的高楼，人流如织，霓虹辉煌，或如金蛇狂舞，或如天女散花，繁星点点，雨丝千行，亭台楼阁，琼楼玉宇，疑是银河落九天，漫射着玫红、碧绿、孔雀蓝、魅紫绚丽的光芒，在城市的画布上恣意挥毫着光彩陆离的印象派画作，璀璨斑斓，流光溢彩，美轮美奂，宛若彩绘琉璃上的华彩流淌。高音的、低音的、长音的、短音的市声，喧闹的欢声笑语，细碎的波浪一样一圈一圈荡漾开来。

    三年大变样后，一座座新崛起的高楼、新建的小区，很多人圆了安居梦，一个个广场和小游园如雨后春笋。一个宜居的城市是要有些静气的。清洌的蓝天，鸟儿清灵的叫声中，漫步在小巷里。拆墙透绿，焕然一新的小巷，视窗更广，景深更阔。春日，小雨柔润如酥，濡湿的水汽曼妙缥缈着紫丁香的幽香，五月簌簌衣巾落槐花，紫薇红云叠嶂，几株萱草，葡萄晶莹，篱笆上一架金枝玉叶，绿树红花缭绕，里面住着什么人家？是鹤发童颜的老两口含饴弄孙，还是相亲相爱的小两口如胶似漆？阳台上丽格海棠含笑如童颜，绿萝滴翠，泛着金色阳光的玻璃窗后一定是小康人家的天堂吧。明月装饰了你的窗，也装点了我的梦。明媚的秋阳下，蹒跚学步的孩子，笑意盈盈的妈妈，小游园的木椅上怡然晒太阳的老人。

漫步在邯郸的公园和广场里，北湖，水光潋滟晴方好，草色空濛雨亦奇，烟雨迷蒙，白鸟于飞，别有一番情趣。南湖，竹影横斜水清浅，暗香浮动月黄昏。丛台高耸巍峨，曲径通幽，金鱼游弋，二胡悠扬，京戏袅袅。丛台广场喷泉飞扬，文化广场雪白的鸽子在蓝天上盘旋。罗城头公园里歌舞蹁跹，轻舞飞扬。龙湖，赵苑，滏阳公园等，像一颗颗明珠点缀在邯郸的城市里。

赵王城遗址公园里，不见金戈铁马，号角铮鸣，从历史的浩帙，跌落在现实的书页中，前不见古人后不见来者，静静坐在木椅上，看庭前花开花落，观天上云卷云舒，偷得浮生半日闲。金秋流蜜，天高云淡，高大的悬铃木树叶簌簌而歌，轻歌曼舞，像鸽子的羽翼盘旋起巨大的金色旋风。栾树一片火红，一串串红灯笼高挂枝头。女贞苍郁，红瑞木，元宝槭，几只黑白长尾的喜鹊悠闲地在松林里散步，俄尔在林间掠过。晶蓝的天空中，雪莲花一般的云朵在天空中飘荡，安宁幸福像水一样洇漫……

在城市里漫步，总是看到许多熟识的面孔。天南地北的人在邯郸这个城市里实现着璀璨的梦想。夜晚万家灯火，承载着一个个本地人、异乡人的幸福和欢乐。

我们生活在这个城市，热爱这个城市，历史文化悠久的古赵都城——邯郸，三年来更焕发了青春和活力，演奏着华彩的激昂乐章。用胡服骑射的锐意进取，用毛遂自荐的拼搏风范，用包容谦和的品格，曾引无数英雄邯郸学步的地方，又迈开邯郸人的旖旎步伐，展翅翱翔……

北延、南延的中华大街上，彩虹桥横跨东西，金色的银杏树叶飒飒飞扬，一队队红黄蓝橄榄帽的拜客，弯腰曲背，英姿飒爽疾驰而过。广场上红歌酣畅，有曾上过央视的激情广场。银发闪闪，精神矍铄，一袭红色运动装的中老年人引吭高歌，嘹亮的歌声在鸢尾蓝的晨空、在氤氲的熏衣草色的夜空中飘荡，我们的家乡在希望的田野上……为它幸福，为它争光……金风玉露一相逢，就胜却人间无数。秋高气爽，天高云淡，晶蓝的天空下，红顶的高楼绿树掩映，一片碧海蓝天……

我认为一个美好的城市是一个宜居的城市，一个宜居的城市是一个静气的城市、是一个脚步可以品读的城市，一个宜于漫游的城市。

海德格尔说，人要诗意地栖居在大地上。愿我们诗意地栖居这个城市里。让我们的城市更美丽，生活更美好！

邯郸在梦想里绽放，游走在邯郸的活色生香里！

家住龙湖边

王维唐（邯郸）

一个北方城市，如果夏天的暑气不那么炙热，冬天的寒冷不那么严酷，春天的大街上没有遮天蔽日的沙尘，秋天的落日里尚有雁行云走的余晖，那么，这里的确应该算是个好地方。而倘若这个城市还有自己的水系，有穿城而过的河水，有碧波荡漾的湖泊，让人们在辛劳奔波之余，靠近水，感受水，嬉戏水，暂时把诸多烦恼放下，把无边思绪放飞，把江湖社会沾染的纷争杂乱抛在脑后——我们怎么会不把它看做"风水宝地"？

幸运的是，这个叫做"龙湖"的地方，就建在了我家附近。

如果能正常下班，晚饭后，免不了要到湖边走一走。水面不大，只有十几公顷，这在武汉等一些河泽纵横、遍布湖泊的城市，根本算不了什么。但对于我们，真的是一池宝贝。这里本是一块平地，养着花，种着菜，还有大片大片的柳树。只因为旁边有一条滏阳河，城市的建设者觉得让河水白白地流淌，有点可惜，就在这里掘地为注，引水成湖，蓄起一汪水面。湖里安了音乐喷泉，可以放水幕电影，湖边修了许多曲里拐弯的路，植了一些不知名字的树，还有成片的竹林，高低错落的草地。公园的框架出来了，住在这里的人们的福气也出来了。

湖岸曲折回环，没有护栏。我想这可能是设计者的故意，让人们可以无障碍地亲近水。水就在眼前，水就在身边，走在岸上，你会忍不住蹲下去，用脚探一下水，用手捞一下水，甚至掬一捧水在脸上，用自己的鼻子、眼睛、耳朵感受一下水。湖边有木制椅，有石条凳，建了四五道造型别致的跨水桥，还设计了一个专供人们观赏水的亭台，如果让我起名字，就叫它"敬水亭"。特别是湖边散放的一块块石头，或卧或立，或堆

◎ 湖在城中　童高明摄

或砌，看似无意，实则有心，每一块都会意象形，激发你的灵感和想象。最难得的是那一片荷花池，夏天来了，水面上铺满荷叶，莲蓬亭亭玉立着，荷花欲语还羞着，在池边坐上半个小时，不萌生诗意才怪呢！

在湖边徜徉，看湖水一圈一圈地荡漾着，叠叠不止，生生不息。你可以感觉到清风从水面漂来，在耳边走过，直接就浸入了肺腑，温润到心底。这清风，在拥挤的马路上，在杂乱的商场里，在开着空调的办公室里是捕捉不到的；这清风，在熙攘的世道上，在浮躁的人群里，在一切被现代化洇染了的地方是感受不到的。如果再有一挂明月静静地照在湖面上，月光与灯光在水中辉映，闪烁着，跳跃着，变幻着，更有一种绝妙的深沉和一份智者的从容。我想，那应该是李白和苏东坡的境界，我们感觉不到它。

感谢这个城市的决策者，让我们在享受现代生活的同时，能够像自己的祖先一样·"择水而居"。而且这个城市的水文章越做越大，依托原有的水系，顺应科学发展的要求，正在规划建设"五河四湖"。这是滋养万物的"生命之水"啊，因它派生的效益，是无论如何不能用几组干巴巴的数据测算出来的。到那时候，世代生活在这里的人们，将因为水而改变他们的生活方式。

你是否也爱着那些树

郭雪强（邯郸）

　　一座有树的城市是值得留恋的，一座有大树的城市是值得品味的。邯郸不仅是一座有树的城市，更是一座有大树的城市。

　　记得第一次来既陌生又熟悉的邯郸正是6月，是9年前的6月13日，自火车站乘9路公交车走陵园路然后拐至光明大街，一路上法国梧桐树（当时不知道它们叫法国梧桐）列植于便道两旁，高大粗壮，茂密成荫，尤为雄伟壮观。还没有找到应聘的公司尚不知能否留在这座古老而充满文化气息的城市我就已经爱上了它，仅仅是因为树。

　　最终我有幸留在了有树的邯郸。无论是丛台路上的梧桐树、柿子树，还是光明大街、中华大街上的法桐，抑或是青年路上的槐树、永安街上的榕树，作为一个普通的市民我深深地爱着它们。每每从它们身边经过如果是在行驶的车上我会用目光一一送上问候，如果是步行我会情不自禁地抚摸它们粗糙而沧桑的躯体。这些古老的大树，不仅为人们带来了绿意，更承载着这个城市众多的文化信息、人文精神。在我看来，它们是这座城市的骄傲，是最优美的风景，更如我一样是这座城市不可或缺的一分子。

　　我有一位朋友后来去了北京发展，每当在QQ上聊起往事，聊起邯郸，她总是深情地怀念树，怀念她骑着自行车穿梭在街巷绿荫里的那些旧时光。我大胆地猜想，再过些年也许她会渐渐淡忘掉旧时光里的人和事，但是那些树会一直在，如同在现实中越长越葱茏，因为人和事远远没有一棵树坚定。听说几年前，邯郸市博物馆广场翻修时，计划移植广场一侧的两排法桐，几位市人大代表知道后联名要求保护大树。最后，有关部门采纳了这一意见，尽管广场翻修为此耗费了多一半的时间和资金，但这些大树却完全被保

◎ 新房子　新生活

存了下来。应该谢谢他们，是他们的坚持维护了树的坚定。

　　城市里的树跟山野里的树一样具有顽强的生命力，它们甚至比山野里的树生长得更艰难些，在它们成长的过程中不仅经历风雨，也记载不屈的历程。无论严寒酷暑，城里的树总是默默地耸立着，静看城市的兴衰和变迁，无怨地吸收着城市里弥漫的喧哗、浊气，忍受着不屑、厌恶，甚至伤害，用自己的枝叶固执地支撑着一种信念。当法桐成为邯郸的一张名片，当街道因为各种各样的树而充满生机，我想生活在其中的人应该以一颗宽容、敬佩的心去关爱它们，感恩它们，试想，倘若这座城市没有了树，人的生活会不会苍白许多？

　　曾在市作协主席赵云江老师的随笔集里读过一篇叫做《像一棵树致敬》的文章，写的就是中华大街与和平路交叉口西南角，从南往北数第二棵法桐树，那是一棵英雄树，既温良随和又坚韧刚强，是作者的兄长和老友。作者对树饱含深情的爱和由衷的敬意不声不响地渗透在文字里，读罢叫人感怀良久，至今不忘。

　　有人说过，一座没有大树的城市是没有文化的城市，一座没有古树的城市是没有历史的城市。

　　那么，我想邯郸有历史更有文化，因了那些树，因了那些爱树的人。

古城·忆

齐钰（邯郸）

人生若只如初见

黑色的河流散发着污浊的气息，两岸杂草丛生，中间夹杂着垃圾塑料，让人误以为这是下水道或者垃圾场，城中流传，谁若是掉进水中，定然顷刻命丧黄泉。然而没有人记得，曾经的曾经，有身着布格素衣的邻家阿姨，拿了木盆和棒子，在这名为"沁"的河中，呼吸着新鲜的空气，洗衣淘米。

一辆辆卡车停在路边，一抹抹绿色映入眼帘，解放军拿着铁锹，一点一点地将黑色的淤泥装车运走，半年的时光，半年的辛劳，绿色的河水铺平开来，波澜不惊。河水在新建的坝口净化，泛着珍珠似的浪，不曾注意，几时起，河水又清澈如斯，隐约看得见底，有招摇的水草，仿佛，没有"曾经"，仿佛，一切未曾改变。

山外青山楼外楼

扬尘的土路遇见经年未见的大雨如同沼泽般泥泞不堪，骑车到想要去的地方，绕路很远很远。陈旧的图书馆，阴暗的灯光笼罩着新旧书刊，使人感到百无聊赖。矮旧破落的民房，脱落的墙皮，倾塌的残垣，与城市格格不入，让人总想起几十年前的穷困时代。

宽阔平坦的道路，交织成一张穿梭于整座城市的将城市的每一寸角落联系在一起。

曾经静静伫立的图书馆，消失于过往，白色的大理石砌成一方梦境之池，喷扬的泉水纷飞于天空，缓缓坠落，恍惚若梦。中央，居高临下的石台之上，铜铸的赵武灵王睥睨着天下，见证着古今过往，不远处一面大型的电子屏幕流转着邯郸的千年记忆，向世人诉说着变迁；城郊新建的图书馆仿佛集中了所有书香，阳光温柔地倾洒，光明的建筑，优雅的梦境，让人想走进去，再也不要离开。高楼在城市中取代了沧桑的旧房，雨后春笋般的新生与千年前的武灵并立于古老城池，低诉着轮回变迁，华丽蜕变。

那人却在，灯火阑珊处

昏黄的路灯，冷清的光明，满城皆寂，繁华的苍凉，天边暗红，涌动着不安的迷茫，那路，那灯，那树，是吸收了夜色中，所有的寂寞？

树上盛开着缤纷的星辰，如梦如幻，断续地闪烁，在两旁笼罩成一个童话，即使在夜里，都绽放着无限的美丽和生命。

灯火。万家灯火。如此温馨的辞藻。拥有我所有回忆的城，从战国时期就有的名字，烙印在我的生命里，铭记着我所有的温暖。那不仅是一座城池，更是我心爱深爱挚爱的家。看着它破茧而出羽化成蝶，看着它经历曾经的天火华丽地重生，心中溢满柔情。

抬起头，凝望着游移的云朵，亘古未变的天空之下，有着沧海桑田的变迁，起初以为三年大变样只是一句口号，如今却真的见证了古城的蜕变，出落得几近完美。

发展仍在继续，改变仍在继续，不知明日的邯郸，会不会不是现在记忆中的城池？期待，我们今后的相遇，变化的你，变化的我，共同看我们，过去苍翠的回忆。

有一种改变在身边发生

王书芬（邯郸）

　　有一条道路，车水马龙，宽阔整洁，树木郁郁葱葱，间隔花团锦簇。夜幕降临，多姿多彩的霓虹温暖着每一个归家人的心。而许多人都记得，这就是当年那条狭窄难行、藏污纳垢的烦心路。

◎ 街头绿地　魏蓓华摄

有一个小区，高楼林立，安静宜人，花园与小路相连，散心并健身成趣。夕阳西下，万家灯火透露出欢乐祥和氛围。可谁还愿回想当初，低矮屋檐，老少一家拥挤的尴尬与无奈。

有一群人，洋溢笑容，开怀欢笑，安心的生活态度，恬淡的幸福面容。三五成群结队，邻里和睦如亲是他们共同的宣言。几年前，他们哪有这样的态度和心情，不顺心难安心，好环境才有好心情呀！

有多少个故事，激起了曾经的往昔，车流拥挤、人群缓慢、街道嘈杂，再多的繁荣也无法抹去心情的凌乱。有更多的故事，托起了我对明天的憧憬，道路改造提速、安居工程顺心、公园大合唱的歌声吸引着更多的人驻足和加入。

是的，有一种改变正在身边发生。

虽然人人都怀旧，老照片泛着金黄，美好的回忆带着快乐，同样的依依不舍，同样的眷恋。但社会总是不断向前，城市里总有一种改变让心思沉静，让感情不再漂泊。依然可以在灿烂阳光下小区漫步，依然可以在午夜安心入眠，依然可以三两故友回眸往昔、畅想未来。古老而又崭新的邯郸，历史积淀深厚，哪一次重大变革之后百姓的生活没有发生改变？而这改变又促进城市进一步发展，二者皆受惠。

有一种改变，发自人的心底，看落花流水、云卷云舒，看惯了明月秋风，懂得了境由心造。就是这种身边的改变，飘荡成温暖幸福的空气，让我们认识社会也认识自己；就在这种美好的气氛中，让我们深深地爱恋，生命中这蓝蓝的白云天。

有一种改变在身边发生，有一种改变在你我身边。

馆陶赋

牛兰学（邯郸）

冀南平原，卫水之畔；名邑馆陶，千年古县。西邻太行，东望泰岱，足下陶山凌云蔚然；南眺大河，北连京燕，依傍运河流韵蜿蜒。呜呼！千年复千年，旧貌变新颜；叹然！沧海又沧海，桑田出巨变。试看！广袤沃野，天青地绿，共享和谐社会；水泽两岸，波碧鸟欢，同创崭新章篇。

上溯远古，北京人留下采摘足印；磁山文化，蚩尤部射出狩猎箭矢。三皇五帝，尧舜相继。禹划九州，此为冀地。周属邶卫，黄河恣意。春秋属晋，始设冠邑。三家分晋，再属赵地。陶丘兀立，赵置馆驿；馆陶两字，传至今日。秦有驰道，通达南北。汉初置县，魏州辖治。曾为州郡，四百余年。隋代运河，百舸竞帆。宋辽交战，生灵涂炭。明代迁民，薪火相传。康乾盛世，东西陆线。抗日战争，千里烽烟。冀南战区，红色摇篮。古有八景，虎踞龙盘。曰东岳晴云，长堤春色，陶山夕照，古井甘泉；曰黄花故台，驸马古渡，卫河秋涨，萧城晓烟。谁言斯土僻，出廓通津栏。

沃土撷珠，人文馆陶。大禹治水，彭祖求寿。孙庞斗智，子夏解惑。段子干木，魏侯献策。汉风唐韵四位馆陶公主，数刘嫖造就一位皇帝两位皇后，被历史学家称最贪欲十大女人；三国晋明三位馆陶封王，看曹霖面对三大河流一子曹髦，传成语典故叫皆明白司马之心。项羽过馆陶破釜沉舟；刘秀战清渊复兴东汉。唐初名相魏征，扶太宗耀贞观，曰人镜，千秋金鉴；宋时名将宗泽，携岳飞抗金兵，呼渡河，国而忘家。柳开开一代文风，王鼎鼎同事包拯。王安石发馆陶春风马上梦；司马光步鲧堤向来烟火疏。穆氏桂英，杨门女将。靖难之祸，扫碑燕王。明将王玶，抗倭荣光。耿氏如杞，不拜奸相。日寇犯我中华，细菌作战，卫河两岸霍乱流行，酿成万件惨案；抗日民族英雄，范氏筑先，裂眦北视决不南渡，誓死还我河山。邓小平做动员，开辟抗日根据地；宋任穷入敌后，迎来馆陶解放天。

典故之乡，成语串串。路不拾遗，偏信则暗。求贤若渴，以人为鉴。敬而远之，水亦覆船。金屋藏娇，不虞之变。书之笏，馆陶园；主人公，传典源。二人板舞，四股弦戏，酱瓜腌制，木偶表演；冀南皮影，馆陶腊花，张家坠书，运河遗产。抗日村名，牛郎传说；民间故事，口口相传。看脉脉人文，数千年渊源。五星红旗耀华夏，千年古县天地翻。石油部长，宋氏振明。煤炭部长，名曰肖寒。人事部长，焦氏善民。黄委主任，王氏化云。四川省长，鲁氏大东。文化大县，点点繁星。当代著名诗人，笔名雁翼。现代漆画之父，乔氏十光；人才代代出，英雄辈辈强。

古邑新韵，美哉馆陶。三年变样，令人瞩目。两条国道，交汇县城。两条高速，县域纵横。馆武省道通达南北，邯济铁路横穿西东。黄金美酒，中国首创；陶山黑陶，内外名扬。微型轴承，星火燎原；化工新城，蒸蒸日上。蛋鸡产业，全国人均第一，名中国蛋鸡之乡；金凤公司，国家龙头企业，称全国十大市场。金凤大道，行政中心高楼林立；新华大街，商业门店人流如织。滨河公园，风景有趣；公主湖区，初露风姿。校园建设，桃李满园；和谐农村，农家新居。待入夜，霓虹闪烁，华灯璀璨，构筑平安小城；看明日，街道纵横，繁花似锦，奏响创新之歌。

幸哉馆陶，以人为本，又谋科学发展新规划；伟哉馆陶，东部振兴，再创和谐共享新高度。今年大变样，明朝更辉煌。心潮澎湃之，赋之永不忘。

图书在版编目(CIP)数据

我爱我家：河北人眼中的城镇面貌三年大变样/河北
省城镇面貌三年大变样工作领导小组，河北省新闻出版
局编．—石家庄：河北人民出版社，2011.8
（河北走向新型城镇化的实践与探索丛书）
ISBN 978-7-202-05900-5

Ⅰ.①我…　Ⅱ.①河…②河…　Ⅲ.①散文集-中国-当代
②诗集-中国-当代　Ⅳ.①I217.1

中国版本图书馆 CIP 数据核字（2011）第 065254 号

丛　书　名　河北走向新型城镇化的实践与探索丛书
书　　　名　**我爱我家**
　　　　　　——河北人眼中的城镇面貌三年大变样
主　　　编　河北省城镇面貌三年大变样工作领导小组
　　　　　　河北省新闻出版局

责任编辑　宋　佳
美术编辑　于艳红
责任校对　付敬华

出版发行　河北出版传媒集团公司　河北人民出版社
　　　　　（石家庄市友谊北大街330号）
印　　刷　河北新华联合印刷有限公司
开　　本　787毫米×1092毫米　1/16
印　　张　11.25
字　　数　158 000
版　　次　2011年8月第1版　　2011年8月第1次印刷
书　　号　ISBN 978-7-202-05900-5/I·842
定　　价　56.00元